U0526589

罗伟章 著

大地让人类辽阔

四川文艺出版社

图书在版编目（CIP）数据

大地让人类辽阔 / 罗伟章著. -- 成都：四川文艺出版社, 2025.6. -- ISBN 978-7-5411-7307-3

Ⅰ.I267

中国国家版本馆CIP数据核字第2025PT2076号

DADI RANG RENLEI LIAOKUO
大地让人类辽阔

罗伟章 著

出 品 人	冯　静
责任编辑	路　嵩
封面设计	琥珀视觉
责任校对	段　敏
责任印制	崔　娜

出版发行	四川文艺出版社（成都市锦江区三色路238号）
网　　址	www.scwys.com
电　　话	028-86361802（发行部）028-86361781（编辑部）
排　　版	四川省经典记忆文化传播有限公司
印　　刷	四川五洲彩印有限责任公司
成品尺寸	145mm×210mm　　开本　32开
印　　张	6.75　　字数　120千
版　　次	2025年6月第一版　　印次　2025年6月第一次印刷
书　　号	ISBN 978-7-5411-7307-3
定　　价	39.80元

版权所有·侵权必究。如有质量问题，请与出版社联系更换。028-86361795

目 录
CONTENTS

登　山 / 001

三峡笔记 / 004

县城笔记 / 013

为了看看太阳 / 026

智慧的源头 / 032

追随秋天走天涯 / 039

从北到南 / 059

怒江：奔流即是风情万种 / 073

乡村永存 / 087

高原白马 / 094

城里的狗和乡下的狗 / 098

窗台上的世界 / 104

静默的辽阔与温柔 / 112

记忆之书 / 155

从福州到厦门 / 190

乡土文学的新道德 / 204

登 山

对我来说,登山不是生活方式,而是生活本身。我老家在川东北宣汉县普光镇的一个山村里,村子的名字叫鞍子寺,我曾在一篇小说里写到过。那是大巴山深处的一个小村落,小到失去了方位,你可以说,村庄的南方坐落在北方,西方坐落在东方。在村子的任何方向,无论打开哪一道门,都是开门见山,出门走山。因此,我与山的关系,就是过日子的关系,跟油盐柴米没什么区别。也因此,在山面前,我从来就没优雅过,在我和乡亲们的词汇里,登山这个词是不存在的——我们叫爬山。爬是爪字旁,很形象,把人还原为动物,四肢着地。那片山陡得很,听听小地名就知道:楼口门、夹夹石、鬼见愁……面对如此地界,你得自觉收起人的矜持和尊贵,脚蹬,手抠,脊背弓起。那是一种较量,充满力度,当然也不乏悲怆。悲怆本身就是力度。"爬"字的背后还表明:累。我们的全部劳动,都在山上,去去来来,不是背,就是挑,挑的时候,扁担横在肩上,水桶或粪桶跟肩膀呈一字形；以这种方式挑东西，在我的识见里根深蒂固，以至于我五岁那年第一次下山，第一次看见有人让两只桶在身前身后荡悠，感到格外惊诧，并在暗地里取笑人家。

　　山让生活变得不便，甚至艰辛，但我确实喜欢山。这与"仁者乐山"无关，我喜欢山，是因为山养育了我。山在我心目中，不是父亲的形象，而是母亲的形象。我母亲吃着大山里奉献的食物，孕育了我；在那个冬季的一天上午，母亲爬上山梁挖了会儿地，觉腹中疼痛，锄头一放，干净利落地生下了我。我被山搂抱，然后被母亲搂抱。与山的亲缘，在我降生的那一刻就已经建立。山风很馋，但给了我活下去的温度，并让我像别人那样慢慢长大。长大后我和祖辈父辈一样，四肢着地爬山，在这长长短短的历程中，眼睛和心脏，都与大地无限靠近。开始没注意到，后来我明白，正是爬山的姿势，教会了我谦逊。近几年走了些地方，结识了些朋友，我发现，出生在山里的，大多比较谦逊，即便内里浪漫疏阔，还有偶尔的狂放不羁，也以谦逊做底子。这似乎代表了一种文明：山野文明。它跟海洋文明有别。彼此无高下之分，只呈现了各自的生活姿态；从生命形态上讲，登山渡水，都可成就丰盈，也可拣选好汉。总之，山就是如此消解着我的饥饿：身体的，精神的。再后来，我开始写小说，在我的作品里，"山"这个词出现得一定很多，"爬山"又一定是关于山的中心词。

登　山

　　我不爱听"征服山"这样的说法，也不欣赏"登上绝顶我为峰"之类的豪迈。念大学的时候，有个诗人朋友高声吟哦："男人都是要爬山的/而且要爬上山顶/扛一轮太阳。"类似的句子我永远不会写。我古怪地觉得那是一种冒犯。天底下的许多豪迈，其实都是冒犯。

　　活到现在，我爬过的山不算多，也不算少，每次爬山我都记得，但记忆最深的，是六年前，我回老家过春节，正月初一早上，我独自爬上后山。后山层层叠叠，仿佛没有尽头，漫天大雪，使天地一统。爬过楼口门和夹夹石，满身热汗，两腿酸软，便往地上一躺。干净的青冈叶铺得很厚，被雪沤了一个冬天，变得很柔软。背上是积雪，脸上是新雪，广大的野地上，没有别的人，也没一丝风，雪落的细响阐释着寂静的含义。寂静，已成为山村里最响亮的声音——我的绝大部分乡亲，不是打工去了，就是住到城镇去了。我知道，这是一片被遗弃的家园，且必将被彻底遗弃。但我并不悲伤，我闭上眼睛，山即刻变成船，在天宇间漂移。

三峡笔记

一

三峡的前缀是长江。而试图去描述长江是不对的。之所以产生描述的欲望,是因为我去长江游走过,加上认识几个字,就觉得有了资格。这是自大,更是无知者无畏。长江存在于那里,已有亿万年,实在不需要你那几句赞美或叹息。与那些古老的事物相比,人类的历史很短,文字的历史更短。而自从有了人类,我们在长江上的活动,就无非是捕捞、战争、截流或者泅渡。我们没为长江增添一滴水,却往往将其视为标准,来凸显自己的壮丽人生。长江是独立而完整的生命,它自有标准——奔腾的体态和方向,就是它的标准。我们夸大着文字的神秘和神性,其实它就是延长的手臂,是扩开的眼睛,是加粗的喉咙。文字,包括由文字承载的想象,从来就没跳出过由人类自身构成的宇宙,甚至比自身更狭小,更幽闭,在恣肆敞阔的江河面前,它难以出阁。

但有件事的确让我好奇：谁为长江命名？

长江曾经是十分霸道的，典籍里面，一个"河"字，就知道是说黄河；一个"江"字，就知道是说长江，这架势，分明君临于一切江河之上。可到了东晋，到了王羲之那里，却很不解风情，偏偏加了一个字，把"江"说成"长江"，他在给人的书信里写道："今军破于外，资竭于内，保淮之志非复所及，莫过还保长江。"资料显示，王羲之是"较早"为长江命名的人，但既然暂时不知道"最早"，我姑且把他的那封信，当成长江之名的发端。我猜想，在王羲之的家乡，也有一条江，那条江给了他很多美景、灵感和安慰，他还从那条江里取水，烧饭，煮茶，清洗笔砚；对王羲之本人而言，"江"只是一个概念，他家乡的江，却是他生命的一部分，正如木叶之于枝条，枝条之于躯干和根须。对"江"专指长江，他有了意见，觉得是一种湮灭——既是对天下江河的湮灭，也是对长江本身的湮灭。于是，他的笔尖多跳动两下，加上了那个字。

从此，长江有名，天下江河有名。

命名，是一种尊重。

二

我对中国古代的石刻艺术，向来缺乏欣赏，尤其是彩绘石刻，真让我难过。这可能与之传达的主题有关，还与人物造型有关。他们都过于富态了，眉眼投射出的内心，是没有止境的隐忍，即便是凶神或恶煞，也让我深深体味着隐忍的悲情。我的这种心思，已被菩萨知道，在大足宝顶山，给观音、如来、智慧菩萨拍照时，不管从哪种角度，焦点都能自然而然聚在他们的眉心；给德行菩萨拍照，却怎么也不行。他生气了，觉得我不懂得隐忍在我们的文化传统中，特别在我们的民族性格中，占据着多么重要的位置，又有过多少感天动地的承担。

尽管他生气，我还是没改变态度。

相距数公里外的北山石刻，我更喜欢些，可能是风格多样且少彩绘的缘故。中有一少女，情态宛然，听当地文化干部讲，汪曾祺曾来这里，看了这尊雕像，汪老说："拜菩萨不如拜少女。"这是汪曾祺的情趣，也是汪曾祺的"小"。汪的文字我是热爱的，但那是在读过一本杰出的大部头之后，用他的文字为雄伟的山峰点缀花草。正如唐宋，唐的磅礴，宋的婉约，便是山峰和花草的关系。当山峰不在，花草便失去依附，一个民族就慢慢走向枯萎和衰落。

磅礴既可是一种成就，也可是一种废弃。

对此，涪陵816地下核工程可以为证。该工程动用了6万工程兵，挖洞子历时8年，安机器历时9年，共费时17年，但机器未安装完毕，就叫停了。我们看见的，是它的

"停顿"。一个人还没长成,就不再长了。停顿因此成为废墟,成为终结。但也未必,人们从洞里退出来,都禁不住一声叹息,仿佛有所得,又有所失,进而震撼,思索。想当年,它的开挖是秘密的,甚至那个镇子的名字也从地图上抹去,而今再次走到太阳底下,却成为被瞻仰的遗迹,人们还为这遗迹唏嘘不已。我因此有了疑惑:整个工程是在山里,并未对外在地貌带来多大改变,后来人为何不能以从前的目光——也就是没实施这项工程之前的目光——去看待它?回答是当然不能。别说耗时17年的巨大工程,就是随便挖一锄,世界也会有所改变。

三

即使在三峡地区,龙缸也是一个令人震撼的存在。龙缸是天坑,位于长江中游,东西直径三百余米,南北直径近二百米,深五百余米。它为何要如此巨大,穷尽想象,也不能自圆其说。其实它不需要说明,它只是以缸的形态,存在于那里,让人惊叹。

登上狭窄山脊,风碰撞着风,嗖嗖而鸣。阳光以它诞生时的面貌,干干净净地洒下来,把天坑注满,再从缸沿溢出,漫过游客的脚背,泻入万丈深谷。

人很多,但要与大自然交流,必须独自进行。所有的盛宴,如果没把心带去,对你而言都不是盛宴。天坑周围的一棵树，一只鸟，一粒小石子，都是天坑的语言，也是树们、鸟们、小石子们自己的语言。我知道，如果我没在一棵树前停留，哪怕停留一秒钟，我就没有资格说自己看到了漫山遍野的林木；如果我没有专注地看龙缸上空一只鸟飞翔的姿势，看近旁一粒石子静卧的表情，我就不好意思说自己去过龙缸。我既然去了，就是与它千载修来的缘分，我必须对得住这缘分，必须从它的身上，学会理解浩瀚的意义，并重新认识时间和生命。

能置身于如此博大的奇景之中，我是有福了；也正是它的博大，让我明白了自己的渺小。我想，世间戚戚于小我者，沉醉于名利者，尤其是那些为一己之私而践踏法律和道德者，若能抽空去龙缸走走，或许能涤荡一部分鸢飞戾天之心。遥想当年，长江上龙争虎斗，樯倾楫摧，血流潮涌，与长江近在咫尺的龙缸，望着这幅景象，该是一种怎样的心境？

在龙缸旁边的山壁上，有图示介绍天坑的形成过程：地下水长期冲蚀，形成地下大厅，地下大厅坍塌，形成天坑。这里的"长期"，有个相对具体的数据：6700万年以来。它以岁月的悠远绵长，静静地为我们揭示一种哲学：关于"慢"的哲学。慢不单纯是指速度慢，而是说，不要急，更不要抢，把每一个细节都做到位，日久天长，自能成就卓越。

四

走三峡，其实是走历史，到任何一个地方，都会跟历史碰面。

比如到飞凤山，就会说已有将近两千年历史的张飞庙。张飞与这里本无任何关系，他们为张飞建庙，依赖的只是传说。一段传说成就一种文化，这在世界文化史上很普遍。在人类的某个时期，传说本身就是历史；甚至到了今天，传说照样构成命运的一部分。一些虚虚实实的故事，见证了张飞由人到神的转变。在这一段长江，张飞不是普通的神，而是张王、张王菩萨。他们拜张飞庙，是去拜菩萨。有些人很鄙视中国人拜菩萨，说是有所求，其实，人生中的许多事，都是恨海难填的，自己解决不了，求菩萨帮帮忙，非常正常，没必要鄙视。我们可从另一面去理解：有所求，必有所畏——敬畏。敬畏二字，是因果的关系，因为敬，所以畏。这里的畏不是害怕或恐惧的同义语，而是由敬衍生出来的，对威严和崇高的衷心仰慕，对底线和正义的自觉守护；它与害怕离得远，与虔诚离得近，上接传统，下指未来。

比如到丰都，就会说世代相传的鬼城。我曾在一部小说里描述丰都何以成为鬼城：十万巴人被秦军围困，比黄昏围困大地还要严密，可一夜之间，十万众神秘消失，连声叹息也没留下。这是巴人至今未解的谜。我喜欢这段类同传说的历史，它预示着任何一种围困，都能在天地间找到出口。天快黑进鬼城参观，停电，只能倚仗手电筒才能勉强看清。我第一次见到那样的阎王像：端庄而美。面对这样的阎王，我只有一个想法：问问我父亲、母亲和外婆。作为阴界最高长官，阎王自然不会对谁格外开恩，但我想要打听的都是好人，阎王是如何评判他们的？他们现居何处？过得怎样？我问了，但阎王没回我。不过那夜我睡得特别安宁，我很少睡得这样安宁过。这让我对一切疑问放心，并对人的归宿充满感激。

比如到奉节，就会说白帝城托孤，会说李白、杜甫和刘禹锡在奉节作的诗歌，尤其是杜甫的两句："无边落木萧萧下，不尽长江滚滚来。"大气苍凉。由此我想到香港诗人黄灿然所写的《杜甫》："从黑暗中来，到白云中去/历史跟他相比，只是一段插曲/战争若知道他，定会停止干戈/痛苦，也要在他身上寻找深度。"

五

走三峡，既是跟历史碰面，也是跟现实碰面。

比如到万州，就会说江天辉映的美丽新城。新城在旧城80米之上，行于滨江路，便是行走在城市之上。长江就在身边，可它已不再奔流，因为它现在不叫长江，而叫库区。我总感觉到，水面80米之下的旧城，还活着，还在演绎人和万物的歌哭悲欢。我对身边一位诗人说：你写首诗吧，就叫《城市之上》；你要写出城市之上的现实，和现实之下的城市。

比如到巫山，千百年来都在说的神女峰，自然还要继续说，但更要说当年的一县跪哭。巫山旧城被淹时，漫山漫坡，跪着全县男女老少，长号着为旧城送终。那是为一个神圣的老人送终，其情其景，感天动地。此外还说红叶。神女峰上满是黄栌树，去三峡看红叶，主要就是看神女峰上的黄栌树。可仲秋时节，树叶仅微露红意，并不让我们观赏那遍山霞染的美景。我站在树下催它：快红！快红！它只是不听。难怪当地人要把黄栌树叫"黄聋子"。

比如到云阳，这里建有世界城市最长人字梯，号称"天下梯城"，我去这年，云阳举办摩托车城市登梯竞技赛，选手从指定台阶直冲上顶。其中某位选手，本在广东打工，赛前两天，急忙赶回故乡，找熟人借车参赛，结果赛程未半，就连车带人荡于空中，几个旋转，重重落地，人当场昏迷，车起火燃烧。那人从医院醒来后，却无半点悔意，只是囊中羞涩，无钱还车，便主动去车主家里，为他打工抵债；按车价和工钱折算，需半年之久。看着那个腼腆的瘦弱男人，我心里叫一声：汉子也！生存之外，还有梦想，这让他的生命变得宽阔。每个人的心都带着屋顶，生命便是屋顶下的房间。有些人的屋顶很低，低到尘埃里，房间也很窄，窄到非但容不下别人，连他自己，也只能匍匐着，这样的心和这样的生命，注定了局促、枯涩，光阴对于他的意义，是变老而不是生长；而另一些人，屋顶可高与天齐，房间能与大地并称。像那个瘦弱的汉子，热爱赛车，有了挑战的机会，便奔赴而来，完成对自我的塑造。当梦想受挫，不自伤，不气馁，更不消沉，这让他的生命不仅宽阔，而且明亮。宽阔是明亮的前提。无钱买车赔付，又主动典身车家，这种诚信的底子里，埋藏着侠士的古风。

县城笔记

一、大叶榕

两棵，相距不过20米。我多次从这里走过，但没注意到它们。没注意到，它们于我不存在，我于它们也不存在。今天早上出门，猛然间望见其中一棵，有些惊异。树身老迈苍凉，底部破开，分出黝黑的两扇，侧面生满苔藓，数米高处才有枝叶。树腰钉了块绿色牌子，标明树种：大叶榕；树龄：468年。

推算前去，它生于1548年。那是明世宗嘉靖二十七年。这一年里，明军在收复双屿港的战斗中，击毙葡萄牙军800余名，并古怪地俘获了一批善于制造火绳枪的日本人；另外蓬莱发生了地震；有人为葡萄牙皇后伊莎贝拉画了肖像；意大利思想家布鲁诺、中国歌妓马湘兰以及被称为"日本张飞"的本多忠胜在这年出生；塞万提斯刚满周岁……对于热爱历史的人，这些都很重要，但此刻，那些遥远的人事跟我一点关系也没有。公元1548年，世上最伟大的事件，便是这棵树的诞生。

　　这是在我老家的县城里，当年却不属城区，而是傍河的一带荒坡，因此可以肯定，这棵树并非手植，它是自然生长的。如果它母亲不在附近，那么带它来的，就是鸟，或者风，那只鸟，那缕风，也有将近500岁了，早已化在时光的烟尘里。但这棵树活着，活过了明朝、清朝、民国直到今天。其间经历了很多事，包括战火，却没伤害它，这是这座城市的光荣。漫长的时日里，有许许多多人跟我一样，从它身边走过，还有人站在树下，握手、寒暄、密谈、亲吻，然后分开，走向各自的生活或共同的生活，再然后，病了、老了——老是最大的病，华佗再世，也无能为力。这棵树目送他们，看见他们生了白发，驼了脊背，身体低下去，低进黄土里。那么多苦乐和生死，都在它眼里游荡，如果它有心，它需要容下多少的感叹，如果它无心，人间事便只是南来北往的风。

　　万物有灵，怎么可能无心。在这个阴沉的早上，我注意到它，不是我有心，是它有心。它在人流中选定我，要我认认真真看它几眼。它的身上，挂了红绸，想必是某些得了怪病的人，或者想升官发财的人，需要它的保佑。岁月赋予它神性，人们以它为神。一个被需要的神。而它自己，它本身，却被忽视。被忽视数百年，它感到了孤独。

　　好在20米外，还有另一棵树，跟它同样的名字，同样的年岁，连长相也很相像。你们是兄弟或者姐妹，当城市睡了,你们可做倾心交谈。没有谁打搅你们,连鸟也不会;据说,对年过百岁的树,鸟也心怀敬意,不在上面做窝。

你们随便说出一段掌故,都是活色生香气息扑面的历史。

作为写作者,我感激你的召唤,并衷心珍惜。

二、断尾猫

这只猫走在前面,没有尾巴。它的尾巴断了。这让我想起一件事,是二姐夫告诉我的,说他曾经养过一只猫,去别人家捉老鼠,老鼠在洞里,它便伏进去,只留尾巴在外面摇动,那家主人眼花,以为猫尾是只老鼠,一铁锹砍下去,猫惨叫一声,跑了。尾巴被砍断了,但没彻底断掉,后来是烂断的。

走在前面的这只断尾猫,又有着怎样的故事?我不想看见它,可是它固执地在我眼光里移动。走了好长一段路,终于不见了,然而,快出小区时,它再次出现。没有尾巴的平衡,它走得不够快,也不够稳。出门就是街,我们是去街上吃饭,它是要去哪里?很可能,它饿了,也是去找饭吃。我们暂时不知道去哪里吃,但满街的餐饮店,只要想,我们随时可以走进任何一家,它呢?或许游荡完整个黄昏,甚至整个夜晚,也找不到吃的。

这让我悲伤。我见不得动物受苦。几年前,在住家附近的公园里，见到一只个头不大的狗，大概是遭了车祸，整张皮几乎都被揭掉了，紫色的肉露在外面，两条后腿完全不能支撑，走路，就把后半身提起来，悬空，用两条前腿，像在耍杂技。当时人比较多，它怕，就朝旁边的草丛里躲。刚下过雨，地上泥泞，它一步一滑。我想它是很久没吃过东西了，跟过去，看住它，让妻去买来火腿肠，喂它吃。它不吃，只朝我身上偎。可是我不能收留它。家里养了好几只流浪猫，它们过不到一块儿去——这只是借口。老实说，这只是借口。我亲眼见过猫和狗成为朋友，亲热地打闹。我是没有勇气收留它，我不敢保证自己有那么多精力和钱财，去为它治疗，给予喂养，也不敢面对它必然会有的死亡。

多么可怜的人。因为有那次经历，我羞于说自己见不得动物受苦。不能拯救，就不要去说。但实实在在的，我确实见不得，比如这只断尾猫，又让我心痛。当我们进了火锅店，我就强迫自己不要去想它，点菜，喝茶，抽烟，打发无心无脑的时间。

吃过饭，却又在街上看到两只鸡，被捆了双脚和翅膀，放在路边，等待出售。天黑许久了，它们以这样的姿势，待了有一整天，至少半天，没吃过，也没喝过，无声无息的，只微微抬起头，睁着乌溜溜的眼睛，望着行人匆匆的脚步。我急忙转过头。

同行的一位朋友，以前写小说，现在不写了，他说自己现在的主要任务，就是把自己变傻，然后研究中医，保命。他要让自己长命百岁。见我神色异样，他问起，我便告诉了他我的不安，他说：这对你不好，这会磨损你的心，消耗你的元气，对健康不利。

三、河

现在要看到奔腾的河水已经很难了。前年走三峡，自重庆至宜昌，一路上的河面，都是水泥路那样平，除了轮船的马达声，听不到丝毫涛声，这就是说，连长江也不再奔腾了。当然，江与河只是约定俗成的称呼，二者并无本质区别，如果愿意，长江也可以叫长河。

一条不再奔腾的河还叫不叫河？按字典上的解释，河，是指陆地表面成线形自动流动的水体。这里有两个关键词，一是自动，二是流动。现在的许多江河，成了湖，比如重庆至宜昌段的长江，不叫长江，也不叫川江，而叫库区，流是流的，却不再奔腾，也不再"自动"。它受制于人造的闸门。还有我故乡的中河、后河、清溪河、州河，同样受制于闸门。如此，它们要么不再叫河，要么给河重新定义。

来到县城后，无数次去州河边，今天又去，见到的都是同样的风景，眼底无一波一浪，今天下着小雨，也无法在河面激起波纹。河被凝固，河水所代表的自由，被凝固。涵洞里倒是有哗哗的水声，那是城市污水，直接排进河道。问扫地的老人，说污水咋能这样排，她说那有啥办法？的确也是，她有什么办法呢？而且我很清楚，我去问环保局，问县政府，他们的回答同样是：那有啥办法？只是肯定不会像扫地老人说的那样质朴。他们可以找出一万条冠冕堂皇的理由，来说明自己的有办法和没办法，都是为了百姓。

幸好有白鹭沿河飞翔，昨天十一只，今天两只。还有两只黑背水鸟，一只行在岸边，一只浮于水面。有只小鸟飞到排污口，站在土坡上看了片刻，又飞走了。不知道它在想什么。

四、夜恐症

我有夜恐症。中医说，阴虚多梦，阳虚善恐。但我觉得这只是生理性的解说，因为我从小如此，夜夜做噩梦，做了几十年，一直做到今天。我以为这主要与生活经历有关，母亲的早逝，让我对未来的每一天都感到害怕。

不只是在睡里做噩梦，睡之前就心怀恐惧。分明睡在家里，家里人分明都在，却总是觉得房间里魅影幢幢：有人朝我走来，有人在抠我脚板，有人要掀我被子……只好亮着灯睡。可这也帮不了多少忙，眼睛一闭，就闻见陌生的鼻息，每隔三两分钟，便猛然把眼睛睁开，整夜如此，苦不堪言。要是出差，睡在宾馆里，便更糟糕，几乎要通宵开着电视，不然就没法片刻入眠。而电视也有助纣为虐的时候。上个月在外地开会，在一作家朋友的房间里聊到很晚，困得不行，再回自己房间睡觉，却照样睡不着；又把电视打开，打开就是中央台法制频道，讲的是一个案子，节目名字叫"床下有人"。好在这是军管区，戒备森严，兵气炽盛，鬼啊魂的，想必也不敢孟浪，否则这一夜的睡眠必定是彻底完蛋了。

我到县城后，一个人住在十楼，百多平方米的房子，情形可想而知。

何况天气阴沉。我第二次来，连续好些天，不是雨就是阴，完全见不到太阳。

没想到可怕的情形并没维持多久，就好了。原因是我借了一本书来。那天朋友请去他家，帮他看小说，我见他书桌上放着本布鲁姆的《巨人与侏儒》，下楼吃饭的时候，开口说借。他有布鲁姆的两本书，本想把两本一并借给我，但另一本没找到，就将《巨人与侏儒》给我了。当夜读，好喜欢！选编者张辉的导言写得好，布鲁姆的朋友唐豪瑟的回忆文章写得好，译文也好。布鲁姆追忆他的老师施特劳斯、雷蒙·阿隆、亚历山大·科耶夫，探讨柏拉图与苏格拉底，解析莎士比亚和博雅教育。这部书有不少伟大的见解，阅读着的我，也觉得自己跟着伟大起来。弃书就寝的时候，满屋子充盈着智慧的光芒。如此，还有什么好恐惧的？

的确也是，在我床上，放着托尔斯泰、卡夫卡、普鲁斯特、加缪、卡尔维诺、鲁尔福、汉姆生、亚当·斯密等人的著作，有他们相伴，实在不应该感到恐惧。

真的，我连续睡了几个好觉。

五、饮食

不少人赞美这县城的饮食，包括一些外地人。灯影牛肉已蜚声海内——这里的黄牛出名，入了"世界名牛录"，且又培育出了新品种：蜀宣花牛。蜀宣花牛是以本县黄牛为母本，选用原产于瑞士的西门塔尔牛为父本，耗时30余年培育而成的。除灯影牛肉，早已风行全国的锅巴肉片，据说原产地也在这县里。史载，乾隆下江南时，在江苏吃到从这里传过去的锅巴肉片，钦赐"天下第一菜""平地一声雷"。小吃方面，手擀面、手剁馅包、羊肉格格，都是人之至爱。在网上看到一个北方人写的文章，他因事到这县城走了一趟，事情没记，却记了大堆美食。至于在这里土生土长的，更是被美食养育。有个小伙，劝他女朋友不要有什么理想和追求，不要去读北大、浙大和清华，不要去外地打拼，就跟他一起留在县城里，好随时去上城濠吃杂酱面、大刀凉皮，去下城濠吃火锅，去半边街吃烤羊肉，去老车坝吃咕噜鱼……这县里人还喝早酒，也就是吃早饭时也喝酒；喝早酒这事，中央电视台还报道过。

尽管这是我的故乡，但毕竟只在县城读过一年书，对县城人的脾性，可能比对省城人还陌生；这回比较长时间地待在这里，看出他们确实好吃。

好吃的人都不吃独食，而是与人分享。有天，一位朋友请我去他家吃饭，是因为别人送了他好东西。我中午赴约，端上来的是一盘细丝黑肉。他说这是山里人送的，叫飞鼠，说这家伙能在地上走，也能在天上飞，见到牛啊羊的，就"嗖"的一声，钻进它们肛门，把肠肝肚肺掏出来吃，比豺狗子还凶残。我不大敢拈，但想到它那么残忍，就尝了一筷子。跟咸菜差不多。朋友自己也觉得跟咸菜差不多，很不好意思，说本是请你来品美味，结果这么个样子。接着他又说到他年轻时在山区当乡党委书记那阵，山民用竹剑，把生于河道岩垄里的娃娃鱼刺死，再钩出来，有大的就送给他，有次送他一条，三十多斤，他吃烦了，也像吃咸菜萝卜。

饮食的意思，就是你要剥夺生命。但人必须吃才能活，这是宿命，也谈不上罪恶。

不需要那么多却依然去猎杀，就是罪恶了。我曾听一个渔夫讲，有年河里鱼特别多，打起来卖不了，也吃不完，但还是天天打，鱼死了，烂了，就随地丢弃。

分明知道这物种（比如娃娃鱼）濒临灭绝，却照样杀戮、贩卖和食用，是更大的罪恶。

吃，是上天赐予的权利，但不能因此就理直气壮。许多时候，吃能看出一个人的品格。

六、鸡鸣

安静得只有鸡鸣声。这是午后，空气咝咝流动，伴随着起起伏伏的鸡鸣，近处的嘹亮，远处的苍茫。鸡鸣声让县城变得古朴，变得深远。它们叫得那么不知疲倦，像有使命没有完成。事实上，深夜和黎明，它们已经卖力地呼唤过人类，那时候，一层一层的啼鸣，敲打着夜色，迎接着晨光。世上没有任何一种动物的叫声，跟人类的联系如此密切。

我喜欢听夜里的鸡鸣。夜里的鸡鸣声是清澈的，含着露珠，一鸡鸣，百鸡和，黑暗点点滴滴，被凿开。我总觉得晨光不是从天上降临，而是从鸡的嘴里升起的。喔喔喔——那是啼出的一串光明，颤颤巍巍地抖索在空中，然后有更多的光明，从四方汇聚，如零星溪水汇成江河；当光明泼洒，黑暗退去，世间又有了新的一天。新的一天不一定就有希望，却有着希望的可能。就我本人而言，因为我有夜恐症，鸡鸣能为我壮胆；从小就听说，再厉害的鬼魂，也须赶在鸡鸣之前离开他们前来行凶的阳间。自从远离故土，去了省城，就难得听到鸡鸣了，省城里的鸡，都在菜市场里，以尸体和熟食的面目出现。县城真是个好地方，不是好在它大小适中，更宜人居，而是它保持着农家滋味，能在鸡鸣声中沉睡或醒来。

白天的鸡鸣却给人孤寂感，也不知为什么。比如此刻，有着花花太阳的午后，我独居在十楼静僻的租房里，鸟声歇了，车声几乎听不见，人声更是没有——偶尔有，是极远处传来的叫卖声，而这声音让日子平添了一种艰辛；多的是鸡鸣，追着时光。时光的亮度，把鸡鸣照得发白。在白色的鸡鸣声里，我深味着孤独和寂寞。

那就想想别的吧。昨天半夜醒来，我还想到汉语言的传统。汉语言有伟大的传统。伟大的传统表现在伟大的著作上。自《诗经》以降，每一个时代，哪怕是最荒芜的时代，都有自己光辉的文学，要么显于世，要么隐于世，反正有。比如鸡鸣，《诗经》就写过了，"鸡既鸣矣，朝既盈矣"；汉乐府也写了，"鸡鸣高树颠，狗吠深宫中"；还有顾况、刘禹锡、苏东坡……他们都写过了。如此，鸡鸣声就从远古传来，我听见的，也是古人听见的；或者说，古人听见的，也是我听见的，那么，我就没有孤独的理由。鸡的命名，那么早就有了，一直没改，让我深深感动。命名绝不只是给个符号，命名是对命运的揭示。

鸡鸣声让我融入了传统，与大地和光阴接通。

七、民间

晚上有人请吃饭。人是民间的人，餐馆也是民间的餐馆。傍县二小。这家傍县二小的民间餐馆，生意火爆，正面墙上的电子显示屏，亮闪闪地滚动着字幕："百里峡牛教授、羊肉馆生态放牧基地。"这话让人费解，我尤其没明白"牛教授"究竟是对牛的尊称，还是真有一个姓牛的教授在那里指导。

羊肉格格、萝卜炖牛肉，此外是爆炒的羊杂牛碎，还有营养稀饭；从山西过来的一个小伙子，当服务生把营养稀饭添到他碗里，他大为惊讶：啊，营养稀饭原来就是菜稀饭啦！

漆成黑色的木桌，一张挨一张，说话声，劝酒声，杯盘碗盏掉落地上的碎裂声，自始至终。按这县里的说法，是"闹麻了"。这也正是民间的声音。

饭毕，去转滨河路。跟我并排走着的人，因他母亲与我同姓且同辈，他便叫我舅舅。他还说地理学上的第一支脉，从天山发源，横贯长白山。此外，他还讲些民间故事，说有两个阴阳先生，同去一丧家做道场，合棺时，阴阳甲见阴阳乙的影子落到了棺材里，就想迅捷盖上，把乙的影子盖进去，如此，乙就活不了多久，做道场的生意甲就能独占；可甲的动机被乙识破，乙用菜刀将一块豆腐破开，再将菜刀扔向石头，刀刃与石面相触，并没砍进去，可你有九牛二虎之力，也不能把那刀摇动。这一招将甲的阴谋破解。还说乡下有些骟牛匠，舀一碗清水，对着清水念念有词，之后"噗"的一口，把水喷到牛身上，再把牛轻轻一拍，牛的后蹄便自动分开，让他去骟；其间，牛会很痛，痛得汗珠粒粒，却绝不会动，直到又缝好了针。

走了大约一公里，我有些累，不想再走下去，他说：舅舅，我送你回去。我百般推辞，他却非送不可。分明有人催他打牌，一个电话接着一个电话地催，可他硬是花了二十多分钟，把我送到楼下后才回转。这份热情，也是民间的。

为了看看太阳

人是一片移动的庄稼，心载着漂泊的屋顶，根须却深植于大地，这片大地就是故乡。我总是习惯于以故乡为半径来丈量世界的距离，离开了故乡，世界上的任何地方，对我来说都是最遥远的地方。苍溪也是。从地理位置上讲，苍溪离我故乡并不遥远：苍溪在川北，我的故乡在川东北，其间横亘着一些断垛峭崖，静卧着一些棕褐色的土地，巴河自北而南，桀骜不驯地从中部淌过，沿路接溪纳流，最终汇入嘉陵江；苍溪县城就在嘉陵江畔。这并不遥远的距离，却让苍溪在我童年之外，在我故乡之外。正因此，踏上这片满目苍翠的土地，我是警惕的，带着审慎与踌躇。

满山满坡横躺着四月的阳光。麦子早已抽穗，胡豆和油菜次第成熟，豌豆荚像青色的嘴唇，但粉红的花朵并没褪去……不过，在我们视野里的苍溪，庄稼已退居次席，遍地果树成为它最乐于让人观赏的姿容。"树木是大地的愿望和最初的居民，哪里有树木，证明大地并未在那里丧失信心"。那么,哪里有果树,则证明上天并没对那块土地上的生灵失去爱意。行进在宽敞干净的村道上,我们都快被柑橘花香死了;如果仔细品尝,会知道任何香气都是绿色的,这正如悬挂在繁叶之中、处女般羞涩的苍溪雪梨,正如搏动在我们灵魂深处、江河般恣肆的激情和生命。包括几个老农唱出的川剧清音,高悬堂屋的"崇德尊教"的家训,还有村民热情待客的朴实和单纯,都一样是绿色的。规整成为它的节奏,和谐成为它的主题:人耕种了土地,土地奉献了果实,人接受了土地的奉献,再用来建设自己的文化和心灵;如此,果树、庄稼与土地,土地与人,人与自己的命运,便构成荣辱与共的整体。这实在堪称一幅盛世太平图景,难怪同行中有人说:苍溪农村给了他颠覆性的印象。

我相信,说出这句话的朋友,一定生长在城市。作为农民的儿子,我承认,我没被颠覆,而是有一种虚幻的感觉。虚幻来自疼痛。对我故乡的疼痛。我的故乡也多山,故乡的土地,与苍溪大地一样,千百万年来,对生活在那里的万物付出了可歌可泣的牺牲。可是,作为地球上最有话语权的物种,我们还缺乏足够的土地伦理,还不知道开采有度,我们把林木砍伐一空,让苍天之下不是呈现富饶,流淌绿汁,而是峭然地捧出戾气和荒凉。鸟在天上飞,人在地上走,彼此都很倦怠,彼此都没有多少信任感。是人让土地滋润的,同时也是人让土地败落的,对此我从来没有怀疑过……走在花木果树之间，感受着苍溪农民稳健的决心和明朗的日子。虽然跟朋友们一道谈笑，但我的心却很痛，我代故乡人羡慕着苍溪人，甚至嫉妒着苍溪人，故乡人应该而且能够与苍溪人过得一样好，但他们没有做到。

如果说我也被颠覆，它颠覆的不是观察者的印象，而是介入者的宁静。

这种不宁静的感觉，进入数百年前遗下的"寻乐书岩"就更鲜明了。同行者大多盛赞"寻乐书岩"，认为其文物价值，其书法作品，都不错，但我却来不及赞美它，就被弥漫其间的剧烈矛盾冲撞得昏昏然了。我注意到，这里既有"山矮人高"的豪迈，有"清风明月"的归隐，有"回岸洞天"的劝善，也有金刚怒目的诅咒。每一种观念都代表了一种自觉，但将它们放归一处，就变得芜杂而飘摇。尽管"书岩"隐居于崖垛之下，深藏于石窟之中，但人类社会的形形色色，却勒石镂金般凸现。其中最为尖锐的存在，要数那篇分割财产的协议书；说它"尖锐"，不仅因为它以工整坚劲的楷书占据了差不多一整面石壁，更因为文中包含的精神。撰文者要把田产分给后人，生怕自己百年之后，子不遵父训，以致争斗残杀，便在文末指斥：谁不遵此约，遭五雷轰顶，天火焚烧，暴眼裂肚，断子绝孙。看着这一行字，我心里发出长久的战栗。天下父母，谁不爱自己的孩子，谁不愿意把最吉祥的言辞送给自己的孩子，但遗憾的是，我们早就怀疑人世间至纯至洁的情感，早就怀疑真诚和善意，在物质利益的诱惑之下，我们早就从精神上动摇了人类和睦共处的伟大信心。

那么我自己呢？我是为了拥抱大地才出门旅行的，大地教给我们牺牲和正义，爱是最大的正义，而我却在其中收获了不平衡。不平衡本身就是一种褊狭，是不能也不敢于坦荡立世的阴郁心境。"寻乐书岩"树立了一个标杆，同时指出达到那种高度之不易。为什么要归隐山林？证明人世间还不够美好；为什么要苦口婆心地劝善？证明人心还不够善。"寻乐书岩"也是一面镜子，它让我看见自己远远算不上一个优秀的人，我需要不断地改良自己，而帮助我改良的导师，就是被我们攫取、又常常被我们遗忘的大地……

住在苍溪县城里，连续两天清早，我都被鸟鸣声闹醒。我没有迟疑，与黎明一同起床，独自穿街过巷，来到嘉陵江边。绵延数公里的滨江道上，已有了不少晨练的人，他们一边运动关节，一边跟熟人打招呼。他们打招呼的声音，像清晨一样干净动人，那些简单的问候语，点点滴滴的，浸润了一整天的日子。夜晚帮助人们消除了嫌隙与恶念，重新拾回理解与温情。我喜欢听这样的声音，这是人类处于婴儿状态的声音，与鸟鸣河吼一样，出自天籁。对故乡的揪心并未消散，但我没有理由不被那声音感动，我从那声音里游过，来到嘉陵江大桥下的码头上，面向东方，静待日出。"我来到这个世上，为了看看太阳。"这朴素得如黄土一般的诗句教我懂得，仰望日出也是一种非凡的事业，同时我也懂得，对苍天的敬意，就是对大地的敬意，对大地的敬意，就是对生命的敬意。无论在故乡，还是在我客居的城市，我都尽可能地去迎接日出，而且每次都能获得灵魂的震动和内心的丰盈。

那天地间最为盛大的果实，总是以温和的面目出现，当它跃过山巅，就高于历史，高于我们的回忆、展望和想象。在它的光华之下，我看见了耸立数百年的"崇霞宝塔"，看到了浪打飞舟的"红军渡"群雕，看到了静穆的山野和平缓的江流。这时候，铜韵一样的钟声悄然响起，它来自地心深处，故土与他乡的秘密联系，就被这钟声破解。我们有同样的祖先，我们的祖先走过了同样的道路，他们都曾用悲伤的眼泪、瘦弱的筋骨和坚强的信念，射穿一个个黯淡的日子。我们掬起一捧水，或者拾起一片白骨，就能叩响同样的歌唱。我甚至看见，我的祖父坐在柴门外的石头上，抱拳沉默；我的祖母挽起裤腿，打着赤脚，把爱情系在散开的头发上，在荒芜的田间踽踽独行……他们的歌哭悲欢，都为了粮食，为了自由。而今，我离开故土，浪迹天涯，我是在寻觅什么？如果不是为找回祖祖辈辈刀耕火种、流血流汗培育出的精神，如果不是希望为自己的想象寻找丰沛的、最具价值的体验，我有什么必要把自己扔进清寒的文学道路上来？如果我没有敢于担当的勇气,如果我心无大爱,而是醉心于小我,戚戚于私我,我又怎么能说自己是一个写作者?

如此种种,都拒绝褊狭。我猜想,"寻乐书岩"的主人,其最初的愿望,不是让我们欣赏的,而是教我们识别的。我们从中识别出了挣扎与苦痛,也识别出人类对爱的向往与追求。"爱"是最具有诗意的,是人世间最可宝贵的黄金,"没有什么是比热爱人民更具有艺术性的事业了",凡·高揭示了艺术的更高规律。我们不仅应该让爱成为心灵的质地,还应该让它成为心灵的指引乃至日常需要。任何一种有生命力的文化,都需要后来者的参与和丰富,而只有积极参与才可能丰富。

春风轻拂,阳光一个劲儿地灿烂,这风,这阳光,还有阳光下的大地,我都认识,由于它们的给予和付出发自内心,所以我与他们彼此都能坦然面对。我也要学会坦然。我故乡的许多不如人意之处,都是我们自己做出来的。我们都需要改良。我不能因为苍溪比我故乡好,就嫉妒它的存在,警惕它的真实。作为一个写作者,不管我走到哪里,不管这地方比我的故乡贫穷还是富有,我都要学习那些最有出息的人,只要站在了这块土地上,哪怕心里深怀苦楚,我也应该微笑,应该把充盈着爱和痛苦的祝福,给予生活在这块土地上的男人和女人、老人和孩子。

智慧的源头

淮阳这片中原大地深居内陆，却被称为"龙都"。相传，人祖伏羲氏在此建都长眠。伏羲人首蛇身，被尊为龙的传人；又因其怀圣德，具日月之光，故名太昊。关于伏羲长眠地有好几种说法，河南人聪明，建太昊陵以为铁证。我们参观的第一站，就是太昊陵。陵内古柏甚多，皆苍老沉实，枝叶聚于树冠，其中一株，导游说有千年历史，纹理似鸟，称鸟形纹。不知道这些树是古人手植还是自然生长，但可以肯定的是，在如此漫长的岁月里，曾有无数双眼睛朝它们注视，有无数只手在它们身上抚摸，我们的目光和手掌，定能与某个祖先的相遇。而这些祖先是从伏羲那儿发源出来的。伏羲和女娲的传说，已广为流布，伏羲不仅是人文之祖，也是人根之祖。神话即历史，至少，它构成了人类的心灵史，没有这部历史，我们就无法找到情感上的认同，双脚就不能稳稳实实地踩到大地上，面对日月星辰，风雨雷电，要在这个险象环生的星球繁衍生息，我们就缺乏足够的信心。伏羲陵前，设祭坛，虽是寒平时节，也香火不断。听当地人讲，每年三月的龙都朝祖会、十月的金秋寻根游，人山人海，香灰飞扬，焰火冲天。这用不着怀疑，祭坛前三株被熏死的古柏可以做证。三株古柏相互依靠，东边的一株本有些距离的，也半卧下去，躺在同伴的身上。它们一定是有所忧惧，也有所怀想。从外形看，三株树已经死去，色泽如炭，表面燥烈干焦，仿佛体内烧着炉火。但是，我相信它们的灵并没有死。我崇尚西方哲学中的"物活论"，任何一种事物，都有平等的尊严，也有不灭的灵魂，别说一株树，就是用石头雕刻成马，那石马便也有了马的灵魂。位于中间的那株，因长着一只如来佛似的大耳朵，被叫作耳柏，人言，贴到那耳朵上听，能听到来自远古的喧嚣，我也去听了，却只听到了深不见底的寂静。大概，我是没有慧根的人，但我又坚定地认为自己听到的才是真实。古人没有喧嚣，只有寂静。

人们为什么要拜伏羲？是对人根之祖和人文之祖的信仰吗？我不敢断定。人世间，尤其是当下社会，信仰是多么奢侈的东西。据说历史上众多帝王都来这里拜过，我们进园之前，礼仪队特地再现了600年前明太祖朱元璋来此拜谒的景象。朱元璋以皇帝之尊，自然求的江山稳固，也求大地五谷丰登，百姓安居乐业。伏羲是否满足了他，无史书可考。

大千世界，让我迷惑的东西很多，最让我迷惑的，是时空。2008年7月19日中午，我乘飞机前往河南，云层之上，阳光纯净而透亮，极目远眺，却又苍苍茫茫。这让我再次想起念书时从地理书上看到的对宇宙的描述：无始无终，无边无际。当时只觉得神奇，可后来越想越不对劲儿。如果承认宇宙是物质，它怎么可能无始无终又无边无际呢？我坐在那里想，往时空的深处想，累得气喘吁吁，热汗淋漓，只得暂时停下；停下的时候，也就是触摸到了时空的边界，然而宇宙不是没有边界的吗？于是振作精神，继续往下想。想出的结果，是发现我们对宇宙的描述是荒诞的。荒诞感来源于经验。我找不到任何依据来证明它的荒诞，时空还是弥漫在我的内外世界，成为一种巨大的压迫——正是在这个意义上，我特别感谢这次淮阳之行，感谢太昊陵给予我的启示。伏羲经天营地，取火种、正婚姻、教渔猎、制历法、创八卦、造九针，如此伟业丰功，终使关于他的神话成为华夏民族的主体神话。但在我看来，伏羲最大的贡献，乃是给予了我们一个宇宙：一个可以想象的宇宙。在这个宇宙里，我们再不是漫无边际的时空里飘浮的尘埃，而是知道自己的根并建立了各自的坐标。唯大智者才能给予别人宇宙。某些典籍上，绘有伏羲像，散发垂肩，身披鹿皮，目光深邃，活脱脱一个远古智者的形象。智者的所有企望和终极目的，都在于指明道路，至于路该怎么走，还得靠后人自己。

  对伏羲，我们只能拜而不求。

龙湖与太昊陵一脉相承。据说龙湖是中国内陆最大的环城湖，面积是杭州西湖的2.5倍，只是现在被东一块西一块地分割开了。我们游览了跟太昊陵紧邻的东湖，下午，没有太阳但光线明亮，浩大的水域上，习习凉风送来淡香，小船从荷叶荷花和芦苇丛中穿过，安详得像是沉入了远古的岁月。面对一片湖与面对一条河，那感觉是完全不一样的，我们知道一条河在路上，知道它从哪里来，到哪里去，而湖呢？它卧在那里，纯洁而坦荡，同时又沧桑而幽秘。苇岸在一篇散文中写武汉的东湖，说："它的眼睛是历史，脸是故事。它可以沉默，但只要有人渴望倾听，只要它肯，它便可以把它的见闻和经历永不枯竭地讲述下去。"这句话用于淮阳的东湖，似乎更为恰切。淮阳当地人讲，无论春夏秋冬，无论天旱天涝，龙湖的水位都固定不变。听起来，仿佛它无所来也无所去，找不到起始也找不到终点，没有源头也没有皈依。事实上，它不是无所来也无所去，只是弄不清从哪里来到哪里去，正如我们自己。就算找到了自己的根，但这条根是怎样穿越时空，赋予了我们体温和呼吸，依然是一个谜；它的枝叶将如何伸展，是一个更大的谜。上古时候，始祖伏羲氏仰观天象，俯察山川，也发出过同样的浩叹：我从哪里来？到哪里去？——最初的问题，成了永恒的问题。这让我感觉到，伏羲的智慧，不是飘逸在香火袅袅的陵园里，而是充盈在这片静谧的湖水中。

位于县城东南的宛丘古城遗址平粮台，给我印象最深的，倒不是数千年前的出土文物，而是孔子讲学处。《史记》载，孔子到郑国后，与弟子相失，独立郭东门，"累累若丧家之狗"，遂至陈。宛丘、陈、陈州，都是淮阳旧称。孔子是否在陈讲学，《史记》上没有记载，但这是可以猜想的，作为具有远大抱负的政治家和教育家，居陈三年，不可能不找个地方宣传一下自己的理念。我感兴趣的是，孔子为什么要在被讥为"丧家之狗"后立即到陈国去。我相信，他不仅是要给自己的身体找个安歇处，还要给自己的灵魂找个安歇处。智者伏羲曾在那里建都，作为当下的智者，他要去寻觅能跟自己对话的人。孔子为人谦逊，却也极其自信，他去世前向天而歌："泰山坏乎，梁柱摧乎，哲人萎乎！"真是自信得大气磅礴。伏羲也好，孔子也好，他们到了淮阳，哪怕只是呼吸一口空气就离开，也是淮阳一个伟大的停顿。

　　站在孔子的讲堂前，我自然而然想到老子。这两位智者大河论道的宏阔之音，还在天地间鸣响。老子的故里就在淮阳以东的鹿邑县。7月22日上午，我们前往参观。贵人行而风雨动，一行十余人中，想必隐着贵人，风没怎么吹，雨却塌了天似的下，地上积水半尺，连陈忠实老爷子和各位女士都赤足而行。湖北汉子哨兵偏偏不脱鞋，还不停地吹嘘他那双旅游鞋质量好。我估计，回去不久，他心爱的鞋子就会脱帮。现今的老子故里修得很气派，面积宽广，敞亮整洁。表达对这样一位人物的怀想，值。圣人多奇异，我们常常以之为传说，但在某一个神秘的时刻，奇异处却能与现实对接。淮阳方志载，上古伏羲得白龟于祭河，并在龙湖里凿池养成之，没想到1984年，果有一只白龟从伏羲画卦台南的池中出水，龟甲纹理与伏羲八卦惊人地相似，正应了《易经》中"龙马负图"（龙马即白龟）的描述。老子的奇异显现于抗战时期，日军连发十三枚炮弹，想炸掉老子诞生地后面的塔楼，结果十三枚炮弹全成了哑弹，将其中的四枚拿到别处去，又都引爆了。可见圣人和智者之所以存在，是让后人景仰的，不是用来糟蹋和毁坏的。

　　我只是不喜欢老子的造像。我觉得太中正了一些。我们对人祖和智者的想象，都过于中正。去年我去山东，孔子学会送我一尊孔子像，看上去完完全全就是一个慈祥的老人。慈祥是慈祥了，却也平庸了。老子的造像比孔子的稍好，但与我的理解依然有着很大的距离。

　　河南有许多"第一"，淮阳的太昊陵称"天下第一陵"，龙湖称"中原第一湖"，龙湖的荷花称"神州第一荷"，造的泥泥狗称"天下第一狗"，平粮台出土的一具坐式彩俑，竟穿着黑色三角短裤，没准儿也是世界第一条三角裤，鹿邑的老子故里，自然是"老子天下第一"。这些"第一"，我们都用不着去质疑，但在我眼里，它最具价值的"第一"，是智慧。这里是华夏民族智慧的源头。我们不大习惯于梳理，总是在苦心劳顿地奔忙和追寻，不知道自己想要的东西，已经在追寻的过程中牺牲掉了；我们之所以没把生活过好，是因为老想着将要做的事，而不去想想已经做过的事和已经出现过的人。伏羲和老子，以及伏羲的八卦和老子的道法自然，虽是数千年前的生命和声音，却成为智慧的浓缩，让现代人永远无法避开。仅此一点，就叫我们对那片大地充满敬意。

追随秋天走天涯

人们往往容易被一些宏大概念所蒙蔽，比如四季，春、夏、秋、冬，就将一年365天的日子切割掉了。说到秋天，脑子里会立刻冒出数十个词语来形容，而这些词本身，照样是宏大概念，别说世界，单是中国，如此辽阔的疆土，再好的词也无力将秋天的具体物象一网打尽。

二十四节气将立秋视为秋天的发轫，气象学上，又规定连续5天平均气温不超过22℃，才有资格说进入了秋天。可以这么认为，二十四节气是民间层面，气象学是"法律"或官方层面。但不管民间还是官方，秋天无言，它忠实于大自然的法则，或迟或早或快或慢地走自己的路，所到之处，万物听令。正因此，"秋天"不仅是对时间的描述，还是对地域的描述，同时也是对心情的描述。

中国人喜欢咏秋，可国人咏秋多悲秋，有西方学者推断，这是中国文人士大夫气太浓的缘故。此说或许有一定道理。想到秋天，就想到繁华易逝，因而将秋叶的凋零与命运的乖舛和人生的无常联系起来；就连夜里挑灯看剑的辛弃疾，也禁不住叹息："觉人间，万事到秋来，都摇落。"但也不尽然，最具代表性的士大夫之一苏东坡，饱览秋光之后，回过头来温情提醒："一年好景君须记，最是橙黄橘绿时。"至于现当代的骚人墨客，对秋的赞颂更是层出不穷。

我并非昂扬派，但我着实喜欢秋天。秋天是四季之中最盛大的季节，相当于交响乐中最高潮的部分。高潮之后不是坠落，而是藏，是保，是余韵。当我今年自北而南从秋天的大地上走过，这种感觉就更为强烈。

我的出发地是成都，但出发地不是起点，起点定在北纬53°的漠河，终点是北纬23°的广州，纵贯大兴安岭、太行山、雪峰山以东，囊括东北平原、华北平原、长江中下游平原以及浙闽丘陵地带。

这条线路，属中国地形海拔最低的一级阶梯，在地图上，它差不多呈竖条状，以摊开的姿势面对天空；也可以说，它像一挂不规则的瀑布，从中国版图的顶端悬垂而下，直通南海，田野、河川、树木、房舍，以及人类从古到今的生活印迹，让这挂"瀑布"光怪陆离、气象万千。就整体而言，它只是中国小小的一角，但与天相接、趋于无限的背景，却呈现出不可思议的旷邈与博大，书卷一样展开的田原，静默的庄稼和忙于收割的农人，都如虔敬的文字，共同书写着秋天的辉煌。

一

我从成都出发那天，成都的气温是34℃，到哈尔滨，陡降到不足15℃，次日到漠河，正是下午时分，天气阴沉，雨雪霏霏。气温低不打紧，关键是风不饶人，嗖嗖嗖的，直钻骨头。

我老是有个颠倒因果的错觉：大地上的北方和南方，不是以纬度划定，而是以风划定的。在南方，秋风从脸上拂过，却不让你知道，最多只轻声耳语：同志，秋天到了。而到了北方，尤其是东北，风却以蛮横的姿势发出警告：寒冷的季节就要来临（甚至已经来临）！早听人说：北方的风不进门。我当时想，北方的风真是有情有义，到漠河才知道，商厦店铺及私人住宅，这时节都关门闭户，风想进也进不了；由于此，外面冷冷清清，看不出里面正在营业、正在生活，直待推门而入，才见热热闹闹。一些路边小店，都在门口停辆车，店主坐在车里，见来人，将车门一推："要看看纪念品吗？"得到肯定的回答，就下车领人进屋；否则，砰！——将车门关上。

我们在漠河县城做短暂停留，便前往北极村。

县城距北极村，84公里，每向里深入一步，风便硬一分，天气便寒一层。雪在两天前下过，大兴安岭很有节制地起伏着，高高的樟子树、落叶松和白桦树上，雪尘茫茫，如梨花盛开。因此可以说，我在秋天里到了漠河，却错过了漠河事实上的秋天：蓝莓已经下树，大豆悉数归仓，农家外墙上，挂着黄澄澄的玉米和红艳艳的辣椒，田野边，庄稼看护人在拆掉帐篷，将床凳及锅碗瓢盆搬上马车，准备回家。一个南方人对季节慢条斯理的应对和模糊感知，太容易把北方的秋天错过。

去北极村途中，拜望老金沟。沟里浅水平流，两岸黑土堆积。是淘金者挖出的废土。老金沟林场西部山腰，有座祠堂：李金镛祠堂。百余前年，俄国人不请自来，深入老金沟采矿，可谓肆无忌惮。李金镛于1888年秋抵达漠河，创办矿务，操练军队，收复了被俄方占据的矿区，广施仁政，民心大快，后人尊之为"金圣"，立祠祭拜。祠堂门前有长阶通往山脚，长阶两侧密植苍松翠柏；祠堂正面，四扇门，两扇窗，一副楹联写着："开矿安边兴利功业迈古今，义赈救灾恤邻德政昭宇宙。"

老金沟又称胭脂沟，这称谓的来历，有种说法，说是李金镛采了矿，除交国库和分红，还有剩余，便献给慈禧，慈禧被打动，说难得李金镛在那么远的地方，吃了那么多苦，挖了点金子，还想着孝敬我，就留在宫里买胭脂吧。胭脂沟由此得名。

北极村地处黑龙江上游南岸，是中国最北端，与俄罗斯隔江相望，有2000多人口，600余户人家，其中百余家开着私人旅馆。我去的当夜，停电——北极村自己发电，停电的时候是很多的，此前已连续停电三夜，云蔽星月，漆黑一团，只在天边现一丝微光。气温降到零下9℃。对我这样一个南方人而言，比隆冬还令人生畏。好在可以烧炕。20世纪90年代以前，他们靠山吃山，主要燃料是木柴，人人都深入林区，随意砍伐，用马拉到江边（叫"捯套子"），再船载回家（叫"扳棹"）。对此，黑龙江两岸的景致可以证明：江北的俄罗斯，秋入横林，树树深红；江南岸，树便少得多，大地隐隐泛出疲惫的白光。现在，北极村的主要燃料变成了煤，生态逐渐恢复，最北点的北望垭口广场，林木争高直指，轻雪薄霜之中，显出一种审思而内敛的生机。

我下榻的农家旅馆，主人名叫鹿祥园，本是山东临沂人，1980年到了北极村，并落户生根。30年前的北极村，其荒凉可想而知，鹿祥园愿意背井离乡，远道来此，是因为他在老家一天只能挣两毛，到北极村一天能挣两块。生存，成了最高原则。而今，他的生意做得相当红火，还在后院的畜圈里养了六只鹿。他姓鹿，也爱鹿。鹿什么都吃，干掉的豆荚藤也嚼得津津有味。

到北极村次日，是中秋节，虽然，中秋节并不能改变当地人的生活节奏，该干啥干啥，该吃啥吃啥，但毕竟，超市里的月饼在快速脱销，黑龙江江面缭绕的轻雾里，也有了节日的氤氲。距鹿祥园旅馆不远的江边，有尊**俄罗斯军人雕像**：某年月日（碑文漫漶，难以辨识），黑龙江发大水，淹没了北极村，俄罗斯军人用船搭救中国受灾民众，其中一个上尉为此牺牲，雕像就是那个上尉，鬈发，坐姿，穿着军靴，双腿颀长。中秋节这天上午，我去江边看雾，竟发现雕像底座上放着一枚精致的月饼。

二

地、土地、大地，这几个词是我们经常说到的，在我的印象中，前者来自民间，熟稔、亲切，摇曳着庄稼的姿影，飘荡着瓜果的甜香；后两者来自书本，正式、恢宏而庄重。但这次出行，改变了我的看法：在东北许多地方，农人把地统称大地。我想，这是土地的辽阔，赋予了他们修辞的辽阔。东北平原作为中国最大的平原，南北长1000多公里，东西宽300—400公里，总面积达35万平方公里。

中秋节后即是秋分。"白露秋分夜，一夜冷一夜"。愈来愈强劲的风势，越过林区，横扫草原，将自己曾经涂抹上的青绿收走。出了被伊敏河分成东西两半的海拉尔城，即跟"天下第一曲水"莫日格勒河迎面相撞，河水清冽，直视见底，它名声响亮，却贞女般低调，在高天之下静默蜿蜒。由此一直向北，往金帐汗方向去，额尔古纳河右岸的呼伦贝尔草原，便如波涛涌动的海。其8万平方公里的天然草场，素称"绿色净土"。但这时节，褐色成了主旋律，你的眼睛要跟随放牧的羊群，看它们的嘴伸向哪里，才能"揪"出残存的绿意。呼伦贝尔草原主要由东旗、西旗和陈旗组成，因过度放牧，东旗沙化严重；陈旗保护最好，一些牛羊在草场上安闲静卧，享受越来越珍贵的阳光。

我在陈旗走进一户牧民家里。见来客人，主人巴特尔立即给我倒上奶茶。他家养着千多只羊，大部分到远处放牧去了，门外的草场上，只有几十只公羊。巴特尔把公羊叫爬子，说秋季和整个冬天，爬子养精蓄锐，到春天的某个时候，将它们赶进母羊群，统一交配，统一怀孕，到时候统一接羔。他家一次要接800来只羊羔。那几天，专门为羊修的产房里，羊羔雪花一样飘落。羔子长到秋天，每只可售500余元，钞票又像雪花一样飘进他的怀里。我跟主人站在门外拉话，爬子们旁若无人，专心啃草。

像巴特尔这种家庭，都请了羊倌。眼下给他放羊的，是个鄂尔多斯人。他们就像内地农民外出务工一样，四处找活，一年收入万多元，包吃包住。所谓包住，就是主人给一辆大篷车，让他们住在大篷车里。以前骑马放羊，现在多改为骑摩托。只要雪没把草完全覆盖，都得把羊赶出去放。他们事实上是以天地为家。那种辛苦和寂寞，让我感觉到，他们的秋天是白色的——秋天本就称为"素商"，按"五行"之说，秋天色尚白，属五音中"商"的音阶。

草原上到处是打下的草捆，草捆也如牛羊般散放着。东北平原迟缓的春天到来之前，牲畜都以秋草为食，这些草还远销韩国和日本。我在公路上走，时常碰见一些大卡车，装了满车草捆奔赴远方。

呼伦贝尔有3000多条河流，500多个湖泊，湖泊中，最著名的是呼伦湖和贝尔湖，贝尔湖大部分在蒙古国境内，呼伦湖位于陈旗草原。这时节，湖畔黄草如毡，头顶白云堆积，秋风从湖面蹚过一次，水色也便加深一层。水色映照着天色，才恍然明白，不仅大地迎来了秋天，天空同样迎来了秋天。

风。到处都是风。风在大地上游走，声音美丽动人。在乌裕尔河下游数万平方公里的芦苇荡里，风起芦梢，似溪水流淌，又像徐徐展开的绸缎，绵密，宽阔，你觉得，自己完全可以放心大胆地躺到那声音上去。风应鹤鸣，时急时缓地捋动着庄稼，催它们生长和成熟。我在加格达奇等车时，跟一个来自佳木斯的农人闲聊，他说他们那里的豆荚，见风就长，牵藤的当天就得搭架子，否则，一夜过去，藤蔓便四处乱窜；紧接着，它们麻利地开花、结实、干浆。它们知道，若不抓紧时间，霜期到来，自己就只能以豆秧的模样枯萎，永远成不了豆荚。因这缘故，佳木斯以南的种子，都不适应大兴安岭的气候——那些种子在温暖的环境里待惯了，懒洋洋的，往往是花还没开出来，就被冻死。

曲曲折折走过齐齐哈尔和锡林浩特，进入辽河平原西端的通辽，便进入了东北与华北的交会地带。尽管通辽的纬度和锡林浩特基本持平，可它一心一意做出交会地带的样子，风不再那么割人，气候也不再那么凛然，因而成为"内蒙古粮仓"。但话说回来，它究竟属于东北，东北的秋天拥有同一张脸谱，庄稼的藤、秆、叶，都已黄透，正是分外忙碌的收获季节。秋收不是收，是抢。跟太阳抢，跟雨水抢。连阴雨会使即将到手的作物倒伏、霉烂或发芽。除了收，还要抢晴翻耕和播种，以便充分利用热量，培育壮苗安全越冬。秋收、秋耕、秋种，谓之"三秋"。"三秋"是农人最忙碌的时节，正所谓"秋忙秋忙，绣女也要出闺房"。这是一年庄稼的终点，也是下一年庄稼的起点。

如果把各地秋收的声音合成一处，该是多么壮阔！秋天的每一种声音都与劳动有关，与农人有关。农人最懂得"劳动是上帝的教育"（爱默生语）。劳动创造充实的生活，也创造大地的美。

三

究竟说来，要追逐秋天，感知秋天，再没有比华北大地更理想的去处了。这里的秋天更像样子。沿京齐线南下，过通辽之后，地貌便悄然变化，不管火车怎样奔跑，都见近处是平原，远处是山。进入京城，山影淡去，便正式开启了这片总面积仅比东北少4万平方公里的坦荡平原。

与气象学吻合的秋天，或者说，"秋高气爽"这个古老的成语，到北京才算真正找到了自己的疆土。郁达夫先生写过一篇《故都的秋》，对北京秋天的怀念深入骨髓，那是因为，四季之中，北京冬冷夏热，春天又可能遇到沙尘暴，唯有秋天，才通透舒阔：天蓝得一泻千里，大地缤纷，色彩富丽。

如果是外地人，说到北京的秋色，首先会想到红——八达岭和香山的红叶，早已名满神州。八达岭比市区高出500多米，观赏红叶正当时，纷至沓来的游客，只为那气势磅礴的红色丛林。因地势及风向和日照的细微差异，红又分出若干层次，嫩红、粉红、浅红、深红，还有实在没法形容的红。在秋天的大自然面前，语言的苍白显露无遗。西郊的香山，因离城区近，去的人更多，我去那天，游人如织，人在红叶的海里穿梭，红叶在风中鸣响，如同鼓掌欢迎，那情形，真不知是人看红叶，还是红叶看人。不少贩子将红叶摘掉，装在袋子里兜售，购者甚众，给人的感觉，仿佛上香山不是看红叶的，而是买红叶的。这多少令人遗憾。还有枣子的红，苹果的红，柿子的红……柿树上片叶不存，果实却灯笼般悬挂，在郊外农家，猛抬头就会看见一树。对柿子的红，我只能又无奈地给它一个名字：让人感动的红。柿树的主人，大多不将果实摘尽，往往余下一些，留给雀子过冬。

而在市区，柳影槐叶，都还绿着，白桦树只微露黄意，圆明园里的荷塘，随光线变化演绎成金黄和淡紫，所谓"荷色浅深随夕阳"。好多天来，雨没有下，秋分过后，"想下雨，等半月"的谚语，差不多就是说的北京。太阳却天天有，阳光柔和，不晒人，不刺眼，只让人感到温暖和明亮。风自然是吹的，但不嶙峋，不暴戾，凉爽可人。在这样的天气里，怎能不出门走走。相对于另三个季节，秋天的北京大街，人总是最稠密的；去户外锻炼和结伴郊游的，这时候也最多。

许多地方都有"啃秋"的习俗，北京人啃秋是"贴秋膘"；他们把自己看成天然的物种，要在秋天里将身体养肥，以御冬寒。老北京习俗是在立秋这天多吃肉，现在不那么古板了，整个秋天都成；过去吃猪肉或鸡鸭，现在多吃涮羊肉，"贴秋膘"也变成了"抓秋膘"，更狠。我在北京给一个朋友打电话，朋友说："哥们儿，晚上我请你去抓抓秋膘啊！"可惜我时间紧迫，没有"抓"成。

我发现，秋天的北京人声音最亮堂，情绪也最乐观……

在最北方，大地干净，林木金黄，渐次南行，草半枯半青，叶半黄半绿，从北京斜向东南，进入山东地界，青和绿便统治了世界。树如此，玉米林亦如此。玉米林形成碧海似的青纱帐，把天空也照成了翠色。往往就能看见一个农人，背着手，静静地立于田边地角，笑眯眯地望着玉米林的深处。庄稼不是自己成熟的，是被农人的眼睛看熟的。庄稼成熟一分，农民的希望就增添一分。

我老家也种玉米，在我很小的时候，玉米是主食，煮玉米棒子、玉米饭，或将其磨成浆，熬成羹，做成馍，喂养饥饿，挺过艰难。但我不知道玉米有那么顽强的生存能力，纵贯南北，它们都以站立的姿势，使广袤的田原生机勃勃。即便某些地方的玉米难以干浆，但照样要种，种来"青收"，喂奶牛；据说，吃了这种玉米的奶牛，产奶特别多，质量也特别好。

山东盛产粮食，也盛产水果。山区里，板栗成林，果实压枝，再掬几口天地精气，即可采摘。椭圆形或鹅卵形的金丝小枣，已经迎来采收期，俗语谓"七月十五红一圈儿，八月十五该落竿儿"，这里的时间当指农历。金丝小枣果肉丰满，含糖量高，在太阳下掰开来，丝丝缕缕牵着金线，因而得名。这些天，枣农们都脸上挂笑。收获时节，农人只有忙起来才会笑。他们在树下铺一块巨大的、刷洗干净的油布，举一根长长的竹竿，往树上直捣，果子便疾雨似的泼洒下来。现卖或晾干，随行就市。

但要说山东水果，最负盛名的，恐怕莫过于烟台栖霞的苹果。去栖霞的公交车上，我跟某公司职员闲聊，听说我去看苹果，他便兴致勃勃给我讲起栖霞苹果的好处，还信誓旦旦地向我保证：亚当和夏娃当年就是吃了栖霞苹果，才懂得了辨别善恶美丑。跨过白洋河桥，立即就能见到果园。随便往哪里一站，举目望去，绿叶中无不红光闪烁，像里面隐藏着数不清的少女，含羞带娇又意绪切切地露出自己的好脸。那些向阳坡上的苹果成熟早，已从树上下来——他们用了一个词，叫"下来"，好像苹果是骄傲的公主，是需要请的；公路边，堆积着包装好的苹果箱，明显是准备发往外地。

四

尽管我在华北大地兜了一圈儿，但东北平原的秋寒，实在给了我过于强烈的记忆，以至于从中华腹地、九州通衢的郑州来到长江中下游平原的合肥，还穿着厚实的外套，路人无不把我当成怪物。

合肥农业发达，棉桃已微微绽开，质朴的白色花絮，已蓄满阳光，随时准备温暖世人。但这里多为水稻土，因而水稻栽种面积最大。环顾四野，稻浪滔滔。9月中旬过后，稻子便陆续进入收割期。今年七八月间，合肥遭遇多年未遇的高温热害天气，收期比往年又略有提前，农民翻晒粮食的情景，随处可见。但市区西郊的蜀山区和南岗镇等地，稻子还挨挨挤挤地站立着，金黄的谷穗，深深地垂着头，风吹来，纹丝不动，只隐约听见风的声音，闻到沁人心脾的香气。蜗居在城市里，我已多年没闻到过田野上的稻香了。那香气能把人带到远处，想起我们开疆拓土的祖先。

走进一户农家，主人正将割回的谷穗平铺在院坝里，用碌碡碾下谷粒。这做法跟我川东北老家的做法很相似，因而让我备感亲切。但在一马平川的合肥，手工劳作只是遥远牧歌愈颤愈细的余响。他们大都实行机械化收割。在稻田中选定背阴的几株，摘下谷粒，放在齿间一咬，"嘭！"就知道稻子熟了，机器便轰鸣着驶进田去。按照先熟后青的顺序，合理调配，村村互助，称为"换劳力"。

在南方，凡有水（浅水）的地方都可种荸荠。挽上裤腿，赤脚站在泥地里，弯下腰，就能把荸荠抠起来。这种弯曲的姿势，这种脸和果实的面对，倒能表达农人和土地的基本关系。抠起来就能吃，怎么吃法，有首童谣说得生动有趣："荸荠有皮，皮上有泥。洗掉荸荠皮上的泥，削去荸荠外面的皮。荸荠没了皮和泥，干干净净吃荸荠。"合肥郊外的一些孩子，将荸荠抠起来，那紫红的皮也懒得削去，水里一涮，就塞进嘴里，欷啦欷啦嚼下去。这倒很符合营养学。

凡有水（深水）的地方，都可种菱角。巢湖周边乡镇，差不多遍种此物。菱角有"七菱八落"之说，是指农历八月中下旬过后，菱角不采，就会脱落水中，因此，眼下正值收期。巢湖阔大的水域里，真可谓"碧花菱角满潭秋"，男男女女戴着草帽或竹笠，坐在菱角盆里（形如澡盆；有的很夸张，大如黄桶），嘻嘻哈哈从水路划过去，翻开菱盘，把躲在叶下水中、颜色各异的尖尖菱角摘掉，反手扔进盆里。那水路呈宝蓝色，如绸缎铺就，风起处，桨过处，水不惊不诧，只轻轻漾开，又迅即合拢，一副雍容典雅气派。藕塘菱池里的人生，本就是华丽而铺张的人生。

在火车上一觉醒来，当空气中飘来一股咸腥气的时候，我就知道，自己是到鱼米之乡了。

包括长沙在内的长江下游平原，水网密布，湖泊众多。单是流经长沙的河流，就有湘江及其15条支流（其中最有名的是浏阳河）。因平均气温高，无霜期长，水稻可二熟。去长沙下属四县市之一的浏阳市，见晚稻正扬花出谷，距收期尚有余月。但长沙人早在8月就接受了秋天的犒赏，吃过了早稻的新米。长沙稻米的名声，魏文帝曹丕早在近两千年前就打过广告："江表惟闻长沙名，有好米，上风炊之，五里闻香。"浏阳金橘同样有名，冬天的寒流、夏天的热浪都难以侵袭它的产地，加上山深土满，使之品质优良又产量很高。我随便数一枝，细细的枝条上，竟簇簇地挂着八个；枝条这小小的母亲，禁不住让人心生怜惜，又满怀敬意。金橘的采摘和销售很有意思，听果农说，不是摘下来卖，而是收购者进山去，选上哪树摘哪树，是一树一树地卖。

浏阳金橘虽好，可因为长沙有一个橘子洲，它的光芒便显得黯淡了。说到橘子洲，就得先说说长沙的得名。有多种说法。我觉得最好玩的，是星宿说，《史记》云："天则有列宿，地则有列域。"于是，与长沙星相对应的地面，即名长沙。这种说法很浪漫。现实一些的，是得名于沙洲，也就是橘子洲，沙洲很长，故名长沙。橘子洲西望岳麓山，东临长沙城，四面环水，垂柳护堤，绵延十里。从火车站乘公交车去太平路，上湘江大桥，从桥中心一条专用支线下去，就可直通橘子洲岛。3800余株橘树，累累果实，还跟叶片一样青绿。平缓浩大、袅袅凌波的湘江水，把这片绿洲以及对岸的岳麓山映衬得格外醒目。橘子洲和岳麓山，本就是长沙的两粒眼珠。

尽管橘子洲以盛产美橘而闻名，然而，如果没有传说中的朱熹讲学处，没有毛泽东1925年秋天重游此地，写下《沁园春·长沙》一词，想必它也不会这么有名。

厚重的历史文化，是一个地区飞翔的翅膀。

五

下一站，我该去广州了。我去广州去得比较辛苦，因为我想先到福建南平看看。去长沙火车站买票，方知因前些日大雨侵袭，长沙至福州沿线的某些地段不能停靠，其中就包括南平。于是决定直接去武夷山。正值国庆大假，武夷山作为热门风景区，游人如织，一票难求，只得"曲线救国"，先去江西鹰潭，再转车。尽管这两趟车都是夜间行驶，可热成了最大的主题，人们拿在手里的衣物和书报，都做了扇子用，手里没东西，就以掌做扇。从黄昏时上车，到次日凌晨到达目的地，我身上的汗水没有干过。想想这趟从北到南的行程，真有恍若隔世之感。

武夷山老松翳日，棕榈如伞，茶山似黛。这景象实在不像秋天。真要说有一点秋天的影子，就是早晚会吹来习习凉风。

在武夷山逗留一天，便直飞广州。

对广州的秋天，我究竟有什么话好说呢？秋天在大地上奔跑，可到广州，它却停下了脚步。它就像一只候鸟，从漠河起飞，跨越30个纬度，经过3300公里的长途跋涉，到这里终于找到了自己的乐土。而找到乐土之后，它却发生了变异，变得不是那只鸟了。

太阳依然那样毒辣，紫外线依然那样强烈，短袖短裤和无袖连衫裙，依然漫天飞舞，脚上依然穿凉鞋，屋子里依然开空调吹冷风，女人出门，依然带阳伞、抹防晒霜，公园的绿地，依然油绿葱翠，甚至催生嫩芽，街头巷尾，各色花朵依然尽展芳容……

广州的秋天是一个近乎虚拟的概念,是四季中的一个空缺;即便存在,它的到来和消逝都无痕无迹、没有预兆:去上班的路上还热气扑面,可还没走进办公室,突然,"啪"的一声,天冷了,冬天到了!

——那将是11月份的事了。

由此,也可以这样认为,广州不是没有秋天,而是有一个比别处都更加漫长的秋天:日历上标注的冬天才是它的秋天。它缺位的不是秋天,而是冬天。

不管怎么说,广州的秋天都是从冬天开始的。

然而,正如"天生我材必有用",既然大自然分出了四季,每个季节就都有每个季节的密码,也都有每个季节的担当。广州同样如此。

不同的只是,别处的秋天一目了然,广州的秋天却需要细心寻觅,细心体味。

进入10月,你会发现,紫薇花慢慢凋谢,偷偷地结出了果实;夹竹桃花不再那么繁盛,色泽也不再那么逼眼;木棉的叶子已开始泛黄;再往后推些时日,就会出现"满城尽带黄金甲"的奇妙景观,风一起,黄叶飘零,悠然着地,踩上去沙沙作响。木棉是广州最具代表性的植物,不仅因为栽种普遍,不仅因为木棉花是广州的市花,还因为,它成为广州季节最可靠的指针:春夏开花,秋天黄叶。

在广州佛山地区,这时节照例开着木棉花,但那不是本地木棉，本地木棉花朵深红，曲线强劲，连坠落也分外豪气，因而被称为英雄花；现在开花的木棉，是从爪哇岛引进的"美丽异"，粉红的花瓣，嫣然绽放，一副温柔多情的样子。

  雨也很少下了。广州的天气十分潮湿，潮湿得皮革制品搁几天就会长毛；外地人，尤其是北方人，去广州做客，钻进被窝，会感觉被盖是用水浸过的，洗得再干净，也散发出淡淡的霉味儿。春夏秋冬，广州只有秋季少雨，因此，当你发现雨水渐稀，空气清爽，就该立即醒悟：哦，秋天到了。

  雨水一少，便显干燥。早上起来，会觉得特别口渴，想喝杯蜜糖水。

  汤里煲的食物，也与往日有了不同：这时节，广州人喜欢煲猪肺汤，润体去燥。

  走进服装店，你会发现，店主推销的，已不再是短袖短裤或无袖连衫裙，而是长袖衬衫之类。只是在外地人看来，长袖衬衫算不得秋装，就是广州人自己，很可能也不会这么看，因为在冬季的太阳天里，他们就是这样穿着，大不了，再懒心无肠地加件薄毛衣。

  广州的秋天就是这样被忽视掉的。

  其实真不该忽视它，因为它的隐秘信息还不止这些。当你抬头望天，发现天空高远，星星明亮；当你迎风而行，发现风不再烤脸；当你晚上睡觉，夜半醒来会情不自禁地给身边人盖盖被单；当你清早出门，感觉光胳膊上有条凉丝丝的印痕……你就知道：这是秋天从你身上走过，也从这片南国大地上走过。

秋天并没有缺席。

从北到南

一、哈尔滨的冰

哈尔滨是最符合我想象的城市。每去一座城市之前，我都会对那座城市进行想象，并告诫自己：要带着热爱走近它。既然要去，证明跟它有缘。但老实说，许多时候，我的热爱都化为虚无。我从小县城见到的，和在大都市见到的，几乎都是一张"嘴脸"：一样的高楼，一样的色彩，一样的行色匆匆，又一样的寸步难行——一样的"与国际接轨"。是否真的"国际"了，我不知道，我单知道城市间的行走已失去了基本的意义，城市的个性消失了，更谈不上智慧。哈尔滨却不是这样。我以为，在中国所有的城市当中，"哈尔滨"几个字念起来最上口，我对它的想象，最初就源于念它的声音，平仄平的音节，使之中正而不古板，淡定而又充满生机。事实也正是如此。

作为一个南方人，每次去北国，都给我一种雄浑感，雄浑是雄浑了，却少了润泽，少了可供品味的细节性指引，哈尔滨却偏偏从细节入手。我去的有一年，正值岁末年初，中国南方遭遇了数十年乃至百年不遇的雪灾，哈尔滨却只是不太像样地下过两场雪，但这无法改变它作为冰城的那颗心。割人的风和封冻的大地，成为它的集体面貌，哈尔滨人跟季节一道，沉静下来，不急不躁，精雕细刻，将大自然的馈赠人格化，街道旁边的冰酒吧，中央大街、太阳岛和"冰雪大世界"里的雪雕，都各具个性地说着自己的话，捧出自己的灵魂。作为靠近俄罗斯的边地省会，其异域风情的建筑和淡青色的地板，诉说着过去的岁月，哈尔滨悉心保护着这段历史，但绝不虚构历史，同时它又深知，必须从历史的眠床上醒过来，站起来，只有站起来才能成为自己，才能张扬生命的激情；那些看上去冰凉摸上去却微带暖意的雪雕，生活气息扑面而来，这种生活，属于中国，属于东北，属于哈尔滨，无论乐不可支的老人与孩子，还是花国诸神以及嫦娥奔月的神话，都彰显着一种民族气派，让人切实地触摸到自己的根。即便是以奥运为主题的"冰雪大世界"，其天圆地方的整体构架，其对黄色和红色的偏爱，都是充分中国化的。这座最有资格"国际化"的城市，却因饱满的民族特色和地域特色，成为中国向世界推荐的十座城市之一。

这是自信结出的果实。东北名人于庆成先生的雕塑，凡女人，无一例外都生着大乳，我想，他想要表达的，其实也就是对"源泉"的追述，也就是自信和力量。

对一座城市的阅读，类同于对一本书的阅读，有些书让你惊喜，有些书让你安详。哈尔滨没让我惊喜，它让我安详。没什么可惊喜的，因为一切都自然而然——它本来就应该是这个样子。在外面走上几分钟，回到房间里，脸上就窸窸窣窣地响，那是冰在融化；那种弹拨而出的爽脆，仿佛不是冰在融化，而是有某种东西在脸上生长，根须欢欢实实地直往心里扎。松花江穿城而过，但这时候它不再是江，而是一条与陆地相连的道路。江畔的冰场，马车辘辘，人潮涌动。这景象让我情不自禁地联想到冰层下的流水。大地封冻了，流水却到了冰层之上。流水就是那些欢乐的人群。他们溜冰，滑雪，跟这片土地一样，既遵循自然的法则，又灵动疏阔地释放生命。哈尔滨的冰，不是让人冻结的，而是让人释放的，甚至是让人狂欢的。再怎么狂欢，冰心犹存，站在江堤上面，你几乎听不到冰场上的声音，更说不上喧闹。即使处在运动状态，哈尔滨也让我感受到一种静思的魅力。

在对"哈尔滨"的众多释义当中，我最喜欢来自满语的"晒渔网"和来自女真语的"天鹅"，二者看似不相干却暗含因果，静中有动，动中有静，因劳作而丰收，因劳作而高贵，劳作是它的外化姿态，高贵是它的内在气质。有了这些，它自然不会手忙脚乱，自然显得大气从容。凡到过哈尔滨的人，多以为这座城市时尚。我也这样看。只是，它的时尚不是猛然间就逼到眼前来的，它把时尚藏在骨子里；世间有"第二眼美女"，哈尔滨是"第二眼时尚"。可在这座公认时尚的城市里，我在中央大街上散步，从好几家商场路过，听到里面播放的竟都是《走过咖啡屋》《我们是八十年代的新一辈》等几十年前的歌曲。这其中的意味，是大可咀嚼的。

哈尔滨最难得的地方，是能守住自己。

二、重庆女声

前不久去西安开会，某体形剽悍的杂志社主编拦住我，很认真地对我说，他会后有话给我讲，问我的房间。夜里10点过，他敲门来了。我想无非是约稿吧。最近没写什么，最怕别人约稿，那会让我愧疚。可人家根本没找我约稿，几句寒暄过后，他问我，你老家在重庆？我说不在重庆，只是离重庆较近。但他不管不顾，立即拍脚打掌："你们重庆好哇！"这么吼叫一声，眼神迷离起来。那眼神从一张宽皮大脸上照向我，给我的感觉是在崇山峻岭间突然遭遇一片海子，很不真实，却格外动人。我将就他的话，问重庆好在哪里。"声音，"他说，"女人的声音。"

然后他给我讲一件事，话没出口，就满面通红，是激动的。那是十多年前的事，那次他从重庆路过，上某处（他说不清地名）一座天桥，向某女问路，某女告诉了他，路他没听清，因为他被那声音迷住了。那年他30岁，也就是说，他在世上活了30年，从来没听到过那么好听的声音，以至于十多年过去，他一直被那声音养着，见到重庆这方的人，就要表达他的赞美和抑制不住的感激之情。

该老兄实在是幸运的。重庆的美女有名，这是事实，美在哪里，各有说法。有次碰到诗人舒婷，她说：重庆女人不就是腰扭得好嘛！听上去有些不服气，但她毕竟也承认，重庆因是山城，出门就上坡下坎，上坡时朝前倾，下坎时朝后扬，日久天长的，女人们的腰肢自然细长、灵动，安安静静地坐在那里，也给人舞蹈感。还有人说，重庆女人的脸好。这其实是一个伪命题，每个地方都有脸好的，也有脸不好的，人们往往根据自己看到的第一个女人做出判断，是个体判断，并不代表整体。就像传言成都春熙路的女人漂亮，当真去看了，会失望的；尤其不能白天去看，美女不属于白天，她们属于黄昏，属于夜晚。这是题外话了。据我的观察，重庆女人之美，美在英气。那回我在小龙坎，见一高挑女子过马路，披件呢子大衣，步子迈得急了些，大衣下滑，她目不斜视，肩膀一抖，大衣重新归位，那模样实在潇洒。

重庆口音跟我老家极相似。这有地理的因素，都是大山大水；也有族群的因素，都与巴人牵连；还有性格的因素，都尚快意恩仇。在冷冰冰的时间深处，川流峡谷间活跃着一支特异而滚烫的浪漫精灵，以渔猎为生，以弓弩为图腾，瑰丽的生存空间，让他们得山水之滋养，疏阔流动，乐观开放，能歌善舞——甚至在临阵杀敌时也纵情歌舞；长时期的迁徙，又使之不畏艰险，韧劲十足。这就是当今重庆人的前身。他们的口音是"向外"的。不像成都，与重庆的水性相对，成都更重土性，发达的农耕文化，使蜀人恋土重迁，视交流为畏途，因此，成都的口音是"向内"的。放在女性身上，向内的口音当然比向外的好听，向内的更具有质感，且能带出心情，引领倾听者融进去，甚至能让倾听者自以为跟说话的女子有了某种秘密的呼应。

我怀疑，那位体形剽悍的主编在生活中是缺少朋友的，因为重庆女人说话，属"干燥型"，如果你没跟她们见面，只在电话上听她们的声音，你会觉得，这不是一个"姐们儿"，而是一个"哥们儿"在跟你说话——我以为这是重庆女人最显著的特征，你既可视之为姐们儿，也可视之为哥们儿。她们从不弯弯绕，有什么事，就跟你说什么事。日子过得不容易，大多数人心事重重，而这时候，要是能听重庆女人说几句话，你会即刻发现，世界其实没那么复杂，世界其实很简单。重庆女人的声音是一双手，动作麻利，三下五除二，就把你发霉的心事摊到太阳底下。晒过后你才恍然大悟：白天黑夜折磨自己的，竟然是那样的微不足道。

不过我这里说的是地方口音，现今重庆好些家伙都说普通话了。普通话的确好听,只是没有地方口音的味儿了。去年5月,我一个熟人去重庆某大学进修,一位重庆籍女教师用夹生普通话说:"这里有四川来的同学,恐怕听不懂普通话,课后找同学抄抄笔记吧。"这就玩过了。还是去年,重庆一对夫妻带着6岁的女儿来成都,我请他们吃饭,席桌上女儿又唱又跳的,真是聪明又可爱。孩子让我跟她做游戏,她讲的是普通话,我对她说,这游戏要说四川话才好玩儿,孩子的母亲眯着眼睛,很骄傲地告诉我:"我们女儿不会说方言。"看来,两口子在家里都是跟孩子说普通话的,只是见了我,两口子怕我听不懂,才勉为其难地说了祖传的方言。那一刻,我差点儿就要学习鲁迅先生,大声疾呼"救救孩子"。没有方言,我们如何通过语言去找到回家的路……

但不管怎样,我大体上跟那主编有着相同的爱好:喜欢听重庆女子说话。如果她们忘记了方言,说普通话也成。

三、去郫县[①]看平原

《新华字典》和《现代汉语辞典》,对"郫"字都只有一种解释:郫县,地名,在四川省。这真是郫县无

---

① 现为成都市郫都区。

上的荣光。仓颉造字百鬼恸哭，其伟力可想而知；任何力量的背后，都是内敛，正因此，仓颉才不会把字造那么多，一字多音一字多解的事，才频繁出现。唯"郫"字例外。它就像一盏独一无二的灯，悬挂在川西大地。

　　有人解释说，在卑湿之地排水筑城谓之郫，这又为抽象的地理名称注入了血液，让她活泛生动起来。是那种丰腴的生动。如今，郫县境内七河并流，近10万亩花卉果木，带给人的不只是秀丽的实景，还是郁郁葱葱的想象。这里的大地和天空，呈平行的两扇门，或者说，大地成为天空的影像，起伏的不是峰谷，而是云卷云舒的气度与雄心，行走其间，仿佛所有词汇都褪去了，只存两个字：宽阔。空间的宽阔，人心的宽阔。这份宽阔感提醒我：郫县是我见过的最具平原气质的地方。

　　我生在山里，18岁第一次到成都，才看到平原。大山和平原的区别，乃在于一个往高处看，一个往远处看。平原给我的感觉，是可以无穷无尽地走下去。对山里人而言，这感觉暗含着脱胎换骨的冲撞。然而，若干年后，当我在平原入住，才发现许多地方已经算不得平原了，林立的高楼，形成鳞次栉比的人造山峦，"现代化"体现在城市规划上，成为整齐划一泯灭个性的代名词。幸好有郫县在！郫县的大街，从建筑到人们的步态和言谈，在我眼里就是一幅幅呼吸着的"巴蜀图语"；不事张扬、微微颔首的川西民居，呈现出现代城市少有的从容。

　　当然，我说的平原气质，不仅指这些。平原的延伸性，使郫县人懂得探望时间的深处，追忆自己根在何方，怀想曾经走过的道路。自教化农桑的古蜀王在此定都，已有近三千年历史，郫县的点点滴滴，都体现了对历史的尊重，说唱俑、杜鹃鸟、古蜀农耕图，都巧妙地融入了城市建筑，东、西大街上展现古蜀劳作及娱乐场景的灯饰图案，更是匠心独运——哪怕设置一个果屑箱，也捧出浓郁的、别具一格的文化气息。其间熔铸的是浑厚的积淀，也是烂漫的活力。虔敬的尊重和传承，使郫县人才辈出。作为写作者，我自然对汉代扬雄和当代韩素音更熟稔，我至今记得自己秉烛夜读扬雄文选的情景。但我还未及去扬雄墓，听说那是一个荒凉的所在，这样好，荒凉代表宁静，代表大。

　　有旅行经验的人都知道，真正难行的不是山路，而是平路，要把长长的平路走下去，没有十足的耐心和韧性，难以为继。读《华阳风俗录》，上有关于郫筒酒的记载："郫县有郫筒池，池旁有大竹，郫人刳其节，倾春酿于筒，苞以藕丝，蔽以蕉叶，信宿香达于林外，然后断之以献，俗号郫筒酒。"我不知道现在是否还有郫筒酒，但这种绝美佳醪却不温不火、低调出之的过程，足以构成某种精神象征。

四、界线

县境之外，我最先知道的地方，除了北京，就是松潘。那是1976年8月，某天夜里，房舍震荡，犬吠牛鸣，我从虚楼跌入了牛圈。第二天进学堂，老师说昨夜发生了地震，地震的地方叫松潘。从此，地震和松潘同时植入我的脑子，并成为同一个概念。

多年以后，我走过了许多地界，其中大部分都忘记了，但松潘没忘——尽管我从没去过。在我的观念里，甚至血脉里，松潘是一个灾难性的名词；这里的灾难并不与恐惧相连，而是暗含着某种教诲和启示，在我很小的时候，松潘就教我懂得，人是大自然的一部分，并不天然地拥有凌驾于规律之上的特权。正因此，无论如何，我得去松潘走一趟。

去松潘的里程，就是探寻一条河流的里程：逆岷江而上，过汶川、茂县，到达岷江源头，就是松潘了。话虽如此，从成都出发，开车却需大半天。沿途山势奇伟，远处雪峰隐隐，路边槐花正繁，阳光和风，将花香蒸腾拂动。松潘城卧于山谷，古城新城并势，藏回羌汉杂处，其扼控江源、邻接陇藏的地理位置，使之历朝历代都是兵家重地，虽有薛涛流放期间才人加女人的《十离诗》，但松潘究竟属于男性，松潘城也是一座男性的城。

可它确又有女性的干净、祥和与丰饶。街沿店铺林立,各族民众,近乎安静地做着生意,收来的虫草,盛进筐箩,在清晨的街面低头打理。去藏民德嘎家做客,厨房设于餐厅,女主人轻巧的步态和内敛的眼神,男主人纤尘不染的歌声,捧出的正是草原和蓝天;那种在汉地见不到更吃不到的饮食,如何做出来,如何呈给你,点点滴滴的过程,也是一种香。去羌寨和回族拱北寺,一样会受到热情接待。曾经,民族间因生存、习俗和信仰而时起争斗,使松潘以"不易抚绥"闻名,而今,那些事都已埋进史书。划分民族缘于尊重,因此本不是为了确立界线,而是为了抹掉界线。事实正是如此:花灯舞来自北方,被藏民接纳,水晶乡藏寨的川盘花灯舞,还成了非物质文化遗产;羌族锅庄里,有藏族锅庄的神韵;回族小调里,又饱含汉族音乐元素。这种相互学习与借鉴,是对"界线"一词的最好阐释。

还不止于此。

我们是怎样走来的,我们现在怎样,我们又会朝哪里走去,诸如此类的问题,是人类永恒的疑难,而在松潘,这些疑难不是让你猜想,而是让你感知和看见。百余年前,英国植物学家和探险家威尔逊来到松潘,拍下了松潘古城的照片,百余年后的一天清早,我与几位朋友登上城背后的西门顶,俯瞰古城,发现大体格局,与威尔逊照片呈现的图像并没有多少走样的地方。在这里,城垣逾百代,栈桥越千年,凡来过松潘的历史名人,都被满怀敬意地挖掘，或塑像纪念，或勒石成碑。这是一座把历史记忆植入日常生活的城市，历史和当下，如水融于水中，并在生活里淙淙流淌。就连汶川地震后安徽援建的新城，也充分考虑了川西民居特色，与古城保持格调上的一致。但这丝毫也无损于它的现代感。真正的现代感必与传统相接，其核心是个性。世界文化的前景，并非趋同，而是本土化，这是有见地的人类学者的共同主张；因为只有这样，彼此间的尊重、沟通和丰富，才会真正成为可能。

五、游仙的棋盘

多次到绵阳，却是第一次到游仙，而游仙区政府就在绵阳城里。或许，我在游仙的辖地喝过茶，聊过天，也有过静夜时独自的漫步，但我并不认为自己来过这里。这意思是说，当我不知道某种命名，那种事物，于我而言就不存在。人如树木，本能地怀着伸展的愿望，人的伸展是想知道得更多，每一次丰富的意义，最深处都是见证了自身的逼仄。比如，游仙就让我再次认识到自己的孤陋寡闻。

游仙这名字，给人道家气。事实上也是，有传说和史料为证，也有道人炼丹修行的石窟为证；山间公园里男男女女群起的啸声，似乎也传承着那种血脉。我对此知之甚少，不敢妄言，但我总是疑心，唯重今生今世、不惜遗世清逸的规程，是否就是真正的"自然"？如果人是世界的目的，盛世则出、乱世则隐的骑墙哲学，无疑是对人的价值的消减乃至否定。

所以当我知道了游仙之名的来历，心里便多了一份警惕。

但这份警惕很快放下了。是因为游仙人的宽度。人的宽度不在空间，而在时间，游仙人很好地保存着他们的时间。富乐山博物馆里的文物，以其残缺呈现深远。玉河镇的乡村博物馆，展品不多，却也敢以"馆"自命，信心之外，更是个体关切的情怀；其中的老相机、留声机、犁头、弹弓、马灯等，稍上年纪的，不仅见到过，还使用过，被遗失的岁月和生活，点点滴滴，温润而归。就我所知，单在四川，就有达州天生镇、都江堰柳街村，以实物存留着这种记忆；记忆构成文化——现在又添上游仙的玉河镇了。刘家镇则是"信义"当头，路墙上彩绘着典籍中的信义人物、信义故事和信义名言，同时也有对当代信义之士的表彰。这是回流的时光，是当下与传统的对接，因其承续和呼应了纵深的文化基因，便特别具有时代感，对人心的规劝，也特别具有来自本源的宽厚和说服力。

由此看出，游仙以道得名，以儒皈依。游仙人没有观念先行地打造自己，而是依循真正的自然法则，梳理悠长的来路，尊重过去的历史，塑造自身的面貌。即使塑诗人像，也是李杜并立；这不仅因为李杜双峰耸峙，还因为他们尤其是杜甫的忧时感怀之心。正如在玉河镇小学塑苏易简像，不仅因为他是状元和文学家，且风标奇秀、才思敏赡，还因为他不徇私情，正直鲠峭，敢向皇帝进谏。如此品格的养成，照他母亲所说："幼则束以礼让，长则教以诗书。"礼让是小处，诗书是大处，共同的旨趣，是立身做人。这正是儒家的精髓，是学人的精神种子和底蕴。其实，是不是儒家并不重要，重要的，是要有行为士则的内在追求，有匹夫系怀的家国抱负。游仙以其对传统的温情和敬意，向后生递送着这种信息。

但游仙又是安静的。我所走过的地方，游仙的确算是安静地界。时节正好，天气晴和，暖乎乎的冬日阳光，横躺于山川平野，街子镇的兰菊，东林乡的月季，都热热闹闹地开着。置身其间，倾听着赤橙黄绿，真让人徘徊不欲去，去了想再来。那种"在你唇上一个周末，在你眼里一辈子"的持守和笃定，或许来源于道家的熏染？富乐山冷源洞外的残荷，与远远近近的花海牧歌形成映照，且表达着更高的规律。当我们迷信速度的时候，游仙以它的净和静，矫正我们的迷信。另一面，人从神的桎梏中解放出来，成为世界的目的，但终于又认识到，人并非世界的目的，万物才是，给万物一个位置，一个空间，是人的进步，也是人的尊严。在此，道和儒，奇妙地达成平衡，成为车之双辐、鸟之双翼。

如上所述，游仙的乡镇，各有主题，每个乡镇都是一颗棋子，整个游仙则是一副棋盘，游仙人把这盘棋下得很好，下成了整体，卒和车，车和帅，有着方向一致的目标。

怒江：奔流即是风情万种

一

安迪达，译成汉语是什么意思？我没问。是故意不问。我怕确定的语义捆绑了它的灵动。正如不必知道卓玛是仙女，古丽是花朵。许多时候，音节和韵律，美于意义；对音节和韵律的想象，更是如此。安迪达是个怒族女子，住在丙中洛镇双拉村。是怒江、贡当神山和与季节不符的强烈阳光，把我们领到了这里。

丙中洛离贡山县城四十多公里，途经怒江第一湾。这条说是半圆形其实近乎V字形的湾口，像用深黄彩笔，勾画出一个鸭嘴模样的半岛，鸭嘴插入水中，将脊背留给田原和村庄。村庄的名字叫坎桶——坎桶村。如果不算身旁的大江，坎桶村人就没有低处，只有高处，在他们眼里，半岛之外的所有人，都是天上的人。这种退守的姿态，让人嗅到昔日光阴的气息。神秘的气息。世上最大的神秘，是出现过又被遮蔽了的事物，是低处而不是高处。过第一湾不久，青白相间的散淡群落，便在眼前铺开，青的是林木，白的是房子。那就是丙中洛。远远望去，每间房屋都如洞开的窗户，静穆地瞭望着远方来客。洛、当、桶，是怒江两岸常见的地名，也是骄傲的地名；它们的意思是平坝，而对于高黎贡山和碧落雪山，每一个形容词都与平坦对峙，能放下一只桶，就算平坝了，也是优越和富庶的象征。丙中洛倒真算名副其实，怒江在山谷沉陷，把浪涛深深掩藏，山峰也尽量向后退，慷慨地腾出一片堪称广袤的缓坡。这是神赐之地。在这样的地界，安静即是大音，每个生命细节都在绽放，或者等待绽放。

比如，安迪达的歌声。

两天前，在贡山独龙族怒族自治县成立60周年庆典上，已听过她唱歌。距离远，看不清人面，但歌喉一亮，我就站了起来，这种肢体动作，并不受意识支配。它把十余年前的某个中午，与当下身处异地的我，猛然贯穿。那是一个平常的中午，坐上餐桌前，我打开电视，画面上是群侗族女子，摇摇摆摆走在田埂上，边走边唱，第一句，就让我泪流满面，继之泣不成声，那顿饭完全没法吃。我至今不解她们唱些什么，也说不清是哪一点击中了我。安迪达唱些什么，我同样不解，问身边的当地人，说是怒族歌，叫《幸福的怒族山寨》。其实不该问的。不过问了，也丝毫没影响歌声本身的诉说。那是血液和骨头的诉说，是与神灵靠得最近的诉说，自带问答和回音，自带一条返回本源的道路，在那条时间深处的路上，我们兀然相逢，倾心相认。或许，这就是打动我的缘由。

在村委会听安迪达和该村表演队的朋友们唱歌，是另一种感觉。最初的惊异再一次被唤醒，但究竟多了理性，多了赏析，赏析离知识近，离心却远，所以我不再那样沉醉。我把每一个音符吃下去，让它们从我的内部漫过。不是漫，是淘洗。淘洗斑斓与驳杂。演出场地是间粗犷的水泥屋，涂了米黄色外墙，舞台上铺着木板，十余张老旧靠背椅，算是观众席，三个孩子和一个只微笑不言语的老人，坐在后排，孩子在玩手机，其中一个五岁女孩，煞有介事地告诉我们，她妈妈要给她生个弟弟了。当皮鼓一敲，唢呐一吹，二胡一响，孩子们便静下来，并走到舞台底下，高举手机拍照。紧接着，一只狗快步爬上梯坎，跑进场地，坐在门口，专心致志地望着台上。台上的歌舞属于人，也属于万物。伴随歌声的舞蹈，妙曼而单纯，手心手背，一推一迎，仿佛表达着怒族人的祈祷和选择。不只是怒族。怒江两岸，生活着怒族、独龙族、傈僳族、藏族等二十多个民族，怒族人普遍会说傈僳族语，而在远古，怒族就与独龙族有亲缘关系，因此我在独龙族的舞蹈中，看到了类似的表达。

演出结束，我把安迪达叫到身边，请她把《幸福的怒族山寨》再唱一遍。她笑。笑起来的安迪达很美——是更美。事实上她一直笑着,以至于你完全不知道这样一个女子会不会哭,又会因什么事哭,而且你还会感觉到,如果她哭,那一定是最叫人疼痛的哭。围在她额际的鲜花,是花之瓣,花蕊是她的脸,从右侧垂至胸前的红色飘带,与斜挎左腰的白色"怒包",达成奇异的冲突与平衡。对她而言,唱歌不是本领,而是与生俱来的本能。上天造物,没忘记给众多生灵赋予声音,这是多么值得感谢的事情,世间的许多情感和情绪,是由声音引起的,如果没有声音,大地喑哑还是其次,重要是我们少了一扇门;声音不是让你听见,而是看见,透视一般的看见,所以眼睛只为你呈现外物,声音才让你穿山渡水。如安迪达这般带着生理质感的美妙歌声,则是一种抵达,从无到有,从你到我,从此岸到彼岸。

旁边站着位老人,头上戴着野鸡翎,是这支表演队的掌门人。安迪达的歌声一收,他便过来说:这是我孙女。称意之情溢于言表。然而,当我们去村民赵国强家,赵国强又指着安迪达说:这是我孙女。一样的表情,一样的口气。接着又一位老人,指着十余米开外,正端着"吓啦"给客人唱怒族敬酒歌的安迪达说:那是我孙女。我明白了,如果我碰见十位老人,十位老人恐怕都会指着安迪达说:那是我孙女。安迪达是他们的骄傲,安迪达是被祝福的,安迪达是被护佑的。一个村庄的祥和,在"洛"里弥漫。

稻田横躺于10月的阳光里。水车在村子的背后，悠悠缓缓唱着一个民族的古歌。水车下的浅潭边，两只鸭子在梳理翅膀。一只鹅想跟陌生人亲近，站定了，脖子伸得老长，啄我们的腿脚。百年老屋间的巷道里，突然冲出来三只黑羊，一个健壮的小女孩跟在后面，要把羊赶上山坡；小女孩的母亲站在另一边，"呢、呢"地呼唤，那是她和羊都懂得的语言。核桃树比桶还粗，每片叶子都告诉你光阴的含义；房前屋后，核桃落得遍地是，我拾起一个，又拾起一个，两手握不住，赶羊的女孩跑回家，给我拿来一个塑料袋……

安迪达的歌声，就从这里发育。

二

独龙江、独龙族、独龙牛、独龙毯，还有吗？想必是有的，只是我不知道。因为独龙江，使一个民族和与这个民族朝夕相处的生活，获得了命名。而谁为独龙江命名，却是只可想象的事情了。人在想象中虚构着时间，时间却溢出想象，走进我们的现实。

与独龙人碰面，始于贡山县城，三个文面女从街上过，我们下车想拍照，她们欣然应承。我找其中一位老人合影，她踮着脚，用力地一把搂住我的脖子。合过影，又跟我握手告别。这是独龙族最后一批文面女，在她们脸上，刻写着祖传的地图。那是"太古之民"的密码。并非所有密码都渴望和需要破解，文面女的密码，就留给时间、巫鬼和神灵。

从贡山县城去独龙江乡，公路在高黎贡山盘绕。地理书上的雄奇山脉，从书里出来，带着苍古的气象和奔涌的姿态，横在面前。通常，我不愿轻易去描写一座山，我老家就在山里，山，与我的童年和日子有关，因此所有描写都显得轻浮。在我熟悉的语汇里，没有登山，只有爬山，登山是运动，爬山则是生活方式；它是我老家的方式，也是高黎贡山的方式。就连公路，也简直是站着的。山里古木森森，野藤高挂，有的树老了，枯了，长了满身的青苔；路边有对夫妻树，秃枝残存，被岁月所伤的躯干，笔直地并排而立。让一棵树老死在山里，是一座山的光荣。这对夫妻树，与远在三峡的神女峰，书写着方向相反的传说。

无论在山里何处下车，望上去，都是蓝得能把目光化为水的天空，是天空上少女般的白云；低下头，是眼力穿不透的深谷，是深谷里袅袅升腾的碧翠与岚烟。动物们在谷地涧口和峭壁林木间隐匿，但关于它们的故事，总是在人间传颂。我历来对荒外野物——包括动物和植物——心怀敬意，它们那种不把时光当回事的从容，那种忍饥耐寒以及承受夜晚和孤独的能力，我连想一想也会战栗。即便坐在车里，从野物的领地上穿过，那种战栗感照样扯筋动骨。四轮下的公路，取名直截了当，就叫独龙江公路，是宣示它结束了一个民族（独龙族）不通公路的历史。县政协的司机师傅告诉我，独龙江公路建成后，一年中只有半年通行，另半年大雪封山，因此贡山县开两会，总比别处晚几个月；封山之前，他和别的师傅，要往独龙江乡送去猪肉、大米等食物。直到前年高黎贡山隧道打通，这局面才改变了。

在滇西北行车，有时是让人绝望的，峡谷上去是山，山下去又是峡谷，没完没了。可猛然间，一个村落出现了，一个场镇出现了。独龙江乡，就以这样的方式跟我们相遇。乡场的规整超出我的意料。显然，这里的一切都是新的。织独龙毯成了表演，剽牛仪式也成了表演。不过幸亏只是表演——我是说剽牛仪式。相关资料上，对独龙族的剽牛祭天仪式，描述得很详细，如何要一个星期的准备，如何牵出一头独龙牛，绕屋六圈，再给牛披上毯子，挂上串珠，巫师如何敲着芒锣作法，如何往牛身上喷酒、撒米粒，剽师如何喝了同心酒，用锋利的竹茅猛刺牛的腋下，牛如何大跌大撞，如何倒地，如何死去，倒地还要看东西南北，倒这方吉利，倒那方晦气……真要这样杀死一头牛吗？……柔软能救世界，但恻隐之心与柔软有别，恻隐之心救不了世界，某些时候，它还会演化为酷烈。我的灵魂深处，是否也隐藏着这样锐利的两面？当我犹豫着要不要退场的时候，一当地干部说，并不是真杀牛，只表演那个过程。独龙牛半野半家，很贵，一头要值三四万；更重要的是，人再不能那样对待动物。我喜欢这个"更重要"。当我们的敬畏之心有了别样的表达渠道，和神灵的沟通方式有了更为内在的选择，与万物荣辱与共的情怀，就变得跟吃饭穿衣一样重要了。相信众生有灵的独龙人，有权利保存民族古老的记忆，但止于表演，则是慈悲和自觉，是更深邃的"新"。

离场镇不远，是孔当村，这天下午，一行人去孔当村文化室，举行"云南作家书架"捐赠仪式。这次捐赠的，不止云南作家，门前的书桌上，排放着莫言全集，范稳代表捐赠方，将莫言全集赠给村支书，湖北作家陈应松、云南作家存文学，都分别将自己的著作赠予他们。书，是心灵的独龙江公路，且不怕大雪封山。这里上了些年纪的，懂汉语的不多，我问一织独龙毯的妇人，完成一条毯子需多长时间？她完全听不懂我说话，她的孩子站在旁边，为我翻译，普通话说得很溜，"一个星"，孩子说。意思是一个星期可完成。孩子明年小学毕业，问她毕业后还要不要继续读书，她说要，去茨开念中学，念完中学考大学。说完羞涩地抿了嘴，斜脸望着高杆上的图腾像。比图腾像更高的，是白云和蓝天。

进入云南，总给我一种进入祖源地的感觉。这感觉在昆明机场就有，看那些人与自然如水与水相融的宣传画，便唤醒深睡的基因。进入贡山，进入独龙江，这感觉更为强烈。从野兽的蹄印识别自己的祖先,是现代人的现代意识。

独龙江水从场镇外流过,碧翠幽幽的,走近了看,却又是白的,白得透明,白得像是没有。石头在江心激起波浪,撩动响声,而有的石头却躺于滩面。石头是江河的一部分,是江河的骨骼和姿容,因此一条真正的江河,不会抛弃任何一块石头,如此说来,躺于江面的石头,是它们自己的抉择了。石头也分陆生和水生。摸一摸,我摸到一块石头得了感冒,另一块石头害了单相思。

在孔当村和独龙江乡街头,我见到十余个"云南民兵"。生于内地的我,对民兵是非常遥远的记忆,却又在这里见到了。发源于西藏兰格冰川的独龙江,再往下流就是缅甸了,到缅甸后称恩梅开江。独龙江乡是边地,西面和南面,都是国境线。难怪他们自己说,他们爱国,跟爱家一样具体,哪座山是我们的,哪座山上的哪棵树是我们的,哪棵树下的哪块田是我们的,哪块田边的哪条沟是我们的,都一清二楚。

三

从保山至贡山的里程,就是沿怒江逆流而上的里程。十余年来,我走过的数十条江河,都是逆流而上,这似乎构成一种暗示。很哲学也很苦累的暗示。正因此,我的这篇文字，故意颠倒了时间来写，就是想让自己轻松些，沿怒江顺流而下。

每当与一条江河见面，我都禁不住问它：你为什么要奔流？你的远方是海洋，然而海洋并不一定就是你的家，更不一定就是你的归宿。对此，数十条江河都曾严肃地纠正我：你不该问我为什么奔流，而应当问我为什么不再奔流。两年前在重庆万州，与一重庆诗人走在滨江路上，诗人告诉我，万州老城，在水面80米底下。我对诗人说，我们就是走在城市之上了，你写首诗吧，就叫《城市之上》。当夜，我独自去到江边，新城灯火，从两岸倒映于阔大的江面，形成另一座城，于是我同时置身于三座城市。三座城市都曾经或正在属于长江，可长江本身却变得暧昧——它在这里叫库区。它的身份模糊了，甚至改变了。望过去，波平如镜，奔流不再成为它的语言，也不再成为它的使命和方向。如此情景，在岷江、嘉陵江、大渡河、州河……大大小小的、有名的无名的江河面前，我都频繁遭遇。

唯怒江例外。

怒江告诉我一个常识：江河，当然是要奔流的。

说怒江是"一滩接一滩，一滩高十丈"，其实并不准确，怒江不是滩，是崖，危崖，断崖，层层危崖与断崖，从西北斜贯东南。因此，怒江的奔流带着舍身的悲壮。以舍身造就奇迹。这条从青藏高原出发的大江，借寒冷为齿，啃咬山岩，执柔软为刀，切割大地，怒江大峡谷，是它荣耀无比的杰作。峡谷之水，这时节显得浑浊，仿佛怀着很重的心事，在平缓处抱成团，做块状涌动，但平缓处实在难得，彼此的问候还没展开，便又整顿精神，踏上征途。水与水撞击出的咆哮，是它们的旗帜。它们把咆哮当旗帜。流畅易得，遒劲难求，当别的江河连流畅也不易的时候，怒江用它的遒劲，为天下江河做证，也为天下江河赢得尊严。是谁为怒江取了名字？我不知道。我只能说，为怒江命名的，是个先知。怒江之怒，既是一种姿势，也是一种态度。生活中，我总是警惕着愤怒——自己的和别人的，因为，世间的许多愤怒，是伪装的，就跟激情、天真、感动一样可以伪装，伪装是一种自损，因而是骨子里的廉价。但怒江之怒，却让我肃然起敬，那不是脸上的愤怒，是血脉里的愤怒。

　　在怒江行走，怒江便天然地成为主题。拍得最多的，是怒江，说得最多的，也是怒江。但我们能说它什么呢？它无非就是一条江，它是它自己，并不在乎天上地下、晴朝雨夕，更不在乎人间事。可是，这里的一切，都与怒江有关，高黎贡山和碧落雪山，要是没有怒江，要是没有怒江撕裂出的怒江大峡谷，描述它们的语言，就少了落差，少了灵动和润泽，从山野间萌芽的神话，就少了陡峭的气质，少了从低处生发的维度；居住在那里的众多民族，也会丢失意蕴深厚的地理指向。在某种角度上，地理指向即是心灵指向，我们说"生活在云南西北部的民族"，与说"生活在怒江大峡谷的民族"，是完全不同的两种理解和两种想象。所以我们言说怒江，是在言说历史，言说命运，言说偶然与必然。怒江感觉到了，用吼声跟我们交流，从贡山到保山，或者说从保山到贡山。

夜宿贡山时，我通夜打开窗子，就是为了听怒江的吼声。在六库那天，住处听不到怒江，我便走到江边去，让吼声从脚心震颤至耳膜。我终于又听到一条江河的吼声了，用我的肌肤和情感。这吼声是大地的伦理。大地伦理是"元伦理"，高于一切伦理。正因为这样，我尊敬怒江两岸的民众。他们留下了一条奔涌的怒江，一条依然吼叫着的怒江。

这是我第一次到怒江，但它早已构成向往。我先前知道的怒江，是人马驿道，是藤篾溜索，与此相应的，是出门的艰辛和惊心动魄的贫穷。曾见一位电影导演，他去怒江拍了片子，就离不开怒江了，他要为怒江做些什么，比如修学校，建桥梁，朋友们劝他，说你付出再多的努力，也从根本上改变不了啥，但他铁了心，说："如果我死在怒江，请把我埋在那里，并在我的墓碑上写上：'此人死于梦想。'"这次去怒江，没有见到那位导演，只见到了他的梦想。他的梦想就是怒江人的梦想。怒江人的梦想已有了色彩和体温。如今，人马驿道变成了公路，也很少见到溜索了——桥梁多了，溜索少了，溜索成了风景。"快看,那里有条溜索!"同伴这样互相提醒。我先前见到的怒江人——从照片上和影视上——无论男人女人,大体是木讷的,而这次去,见到的人都爱说,爱笑。笑是自足,更是对世界的融入与接纳。

贡山县城建筑和街道的模式,超市和摊面出售的商品,包括丙中洛和独龙江集镇上的货物,除少数具有民族和地域特色,大多与别处没什么区别。我说不清这样好不好。在江河滞涩的地方,就富一些;在江河奔涌的地方,就穷一些,这古怪而荒诞的逻辑,却是现实的逻辑。然而,无论多么荒诞,如果这个地方是贫穷的,我们就没有任何理由和权利,要求他们以贫穷为代价保持原貌。丙中洛的村寨里,跟峡谷外的村寨一样,多为老人和孩子,我问一个站在檐下的大妈:村里有多少人?她脖子转一圈,说周围这一大排房子,平时也就住十来个,年轻的和有些并不年轻的,出门务工去了。还有安迪达,她很想唱到峡谷之外,唱到更大的舞台,只是苦于没有被发现和引领……她所想,他们所想,都再正当不过。

我只是觉得,在由贫致富的途中,不要急于求成,更不要改天换地。米兰·昆德拉说:"如果我们慢一点,也许能够记得自己关于幸福的最初想象,大概就会变得幸福一点。"对此我深以为然。怒江的奔流,既是它的富饶,也是它的风情万种。尽管眼下的怒江与若干年前的怒江,已有很大不同,据说若干年前的怒江,四季都如独龙江,清澈得能用竹梭子去江心叉鱼,现在只有到了冬天,怒江才会褪下黄袍,穿上绿衣——尽管如此,单因为怒江的奔流和吼声,我也要再次表达我的敬意。

乡村永存

"乡村永存"这种观点,来自苏联作家阿勃拉莫夫。十余年前,当我第一次读到这句话时,几乎认为它是一句废话,没有田土、村寨和农民,人类将何以为食?乡村如此重要,永存就势所必然。

但我现在读这句话,却看到了作家超越时代的眼光。

乡村就在我们的眼皮底下慢慢消失了。

我的老家位于四川东北部,与重庆、湖北、陕西三省(市)交界,那里有条河,清溪河;有座山,老君山。听听清溪河这名字,就能想象出她的姿容,秀气,温婉,明澈,从遥远的地方流来,依山蜿蜒,一直延伸到苍茫的天尽头。水被自己的力量所鼓荡,跟水鸟一起发出欢乐的合唱,水光幽蓝,如婴儿的目光,并因纯净而宽阔,深远;举目远望,河水像悬浮的飘带,白得发亮,犹如另一面天空。终年四季,河沿鲜花盛开,浅草平铺,黄牛和野兔在草滩上进食,弄出滋润饱满的声响,若有人经过，野兔警觉地竖起耳朵，牛则含羞带愧地停下来，望着人影远去之后，才继续向土地和草垛喷吐热辣辣的气息。老君山海拔千余米，从山脚到山顶，除自然生长的植物，就是带状梯田里的庄稼。春天，大山苏醒，绿色自下而上，徐徐呈现，仿佛绿色在长高；这种苏醒的过程很难说有什么时间概念，如盐溶于水，无声无息，却在不经意间浸透了大山的血脉。夏天，绿色便成为山里唯一的主题，庄稼和树木绿了，土地绿了，山羊的嘴绿了，连太阳照在叶片上的闪光、鸟的鸣唱和女人的笑声，也是绿色的。农人在秋天把谷物搬进粮仓，只留下褐色的草垛；冬天里雪花飘落，大地沉睡，生活，在静默中从容地延续……我一直把我的故乡当成中国山地乡村的典型，农人遵从祖先的习俗，日出而作，日入而息。虽然有了钟表，有了电视，但他们信赖的依然是鸡鸣。我觉得，我的故乡是远古遗留下来的一个梦；我甚至认为，即使全中国的角角落落都变成了城市，我的故乡也会以乡村的面貌呈现给世人。

这想法没有多久就被粉碎了。

信息早就透露出来。首先是鸡啼不再准时了。千百年来，雄鸡是乡间的更夫，农人从它们的啼鸣声中掌握时序，然而，不知何故，雄鸡再也闻不到露珠的气息，再也把握不住夜晚的深度，不到子夜，就打鸣三次！我父亲就不止一次吃过亏，听到鸡叫三遍，立即起床煮猪食。按他数十年的经验,猪食煮好,天就蒙蒙亮了,就可以扛着锄头铁锹下地去。但现在已经不行,如果天上没有月亮,外面就一团漆黑,父亲只好又上床睡觉,往往睡一觉醒来,天还没亮;不过这算幸运的,如果有月亮,父亲就把月光当成了晨光,下地之后,往往翻了一大片旱地,才发现天色不是越来越明而是越来越暗了。

再就是以侵略的姿态深入山野的音乐。乡间音乐只属于天籁,牛哞,羊叫,鸡鸣,恶狗厮斗,飞禽启翅,走兽低嗥,包括小儿的哭叫,都属于天籁的范畴,当然更不必说风走林梢,枯叶委地,泥土叹息……可近些年来,已经很难听到这种声音,至少因为不够纯粹而使其丧失了本质。我是听着天籁长大的,灵魂里只熟悉纯朴的言语,我一年一次或一年数次回家,一是看望父亲,二是享受兄弟姐妹间的亲情,第三就是想听听天籁。但我已经听不到了:有人将自家的高音喇叭挂在门前的核桃树上,整个白天,都播放着时下流行的歌曲。这些歌曲,在城里听来是再自然不过的,可在乡间,却别扭得让人发慌;在城里,那些对虚假爱情的吟唱很是时髦,在乡间却土得掉渣。这真是不可思议的反差。好几年来,每当我回到故乡,就情不自禁地思考这种反差的成因。我觉得唯一的解释是它破坏了天籁。天籁才是最高级的音乐,它永远流行,因为它是我们血脉搏动的声音。

当这些前奏演绎完毕,故乡就从乡村的行列中悄然退出。

2000年夏天，我举家迁往成都，住址选在西门，这里靠近乡野，出门走十来分钟，就进入广阔的田原。成都与我的故乡不同，成都一马平川，一旦进入庄稼地，就被庄稼地融化。我们不知道天有多大，但在我的观念中，成都的沃野就如天空一样辽阔。风起处，庄稼倒伏，墨绿色的波浪摇曳至无边无际的远方，就像一片浮起来的土地。每隔一段时间，飞机从头顶飞过——在平原上，飞机总是飞得很低，洁白的机翼在太阳下闪着微光，轰隆隆的声音你不觉得是噪声，而是外面的世界带给田野的另一种信息，讲述着另一种生活；它不会打扰田野本身的镇定。农人的住舍散布在庄稼和竹木丛中，几乎是清一色的白房子，然而不走进翠绿的围墙，却发现不了它们，那种不事张扬泰然自若的安适，蕴含着一种令人怀想和感动的因素。田野里的动物，与人类和平共处，一同享受着大地的馈赠。

只要有闲暇，我就到田野里去，站在褐色的田埂上，我的心归于宁静和踏实。去田野参观，不设门槛，无人站岗，也没人收我的门票；与农人交谈，没有任何庸俗的礼节，更不会受虚荣心的驱使而夸夸其谈。我满足于这样的生活。我希望这种局面能够持续下去。

然而这同样只是奢望。我来后不到半年，城市就向西边延伸，速度之快，让人无法不惊叹现代科技的威力：不到三年，想看到田野，就必须曲里拐弯地穿过新建的成片小区，去数公里之外才成。

与农田一起消失的，是乡村和农民，是滚荡着绿浪的庄稼，是飞禽走兽的乐园。

今年秋天，我意外地观察到一只水鸟。绵绵的秋雨刚刚停下，可雾气弥漫，天空还一片阴沉，我穿过带鱼状的花园，来到一条小河边。这是一条肮脏的小河。水很少，河心露出伤疤似的土洲。土洲的颜色，与河水相似，黑黝黝的，仔细看，又闪着绿光，上面还有破布、竹篙和一些叫不出名字的脏物。这实在不是一个可爱的去处。我在河岸站了片刻，正准备离开，突然发现一只鸟影从涵洞下穿出。当它在土洲上站定，我看见这只鸟尾翼雪白，身体却黑得发亮。它显然饿了，四处瞅，却没有动作，长时间过去，都只呆呆地站在原地。我怕是因为我的缘故才让它迟疑，便有意站得远了些。然而，它依然保持着固有的姿态，像个哲学家似的思考。在这一刻，我感到惭愧。是人类破坏了它的家园。这里，以前是一条清亮俊逸的长河（村民可以直接把河水舀起来饮用），长河的周围，被大片庄稼和林木覆盖，林木里的走兽和飞禽，沉浸在古老的梦里，过着快乐无忧的日月。但是，轰隆隆乱鸣的机器铲掉了绿荫，修起了高楼……那只鸟定是这片土地的后代，站在荒凉肮脏的洲脊，正凭借想象，复原关于它们家园过去的故事，并以一只鸟的智慧，追想家园的繁盛和毁灭的历史。

它到底开始捡食了。以前，它们的食在水里，与它们的心思和姿态一样，处于流动和飞翔的状态，现在它认不得水了，在它身边涌动着的，不再是水，而是另一种物质。水是大地的灵物，它的名字就是它的使命——让大地接受女性般的孕育。水不可能是这另一种物质！在这只鸟的眼里，这种物质既卑贱，又强蛮。它不愿意走进另一种物质里，只能在土洲上捡食。因站得远，我看不清土洲上有些什么，只见水鸟的头轻轻点两下，又无可奈何地抬起来，四处张望。我相信它的心一定是悲凉的，它大概在想：看来，我必须搬家了。它显然不愿意走——要走，早就走了。它要成为这块土地上最后的守望者。但是，这块土地已经不属于它，它祖先的尸骨，被压在沉重的高楼之下，成为凝固的时间，成为未来的人类自作聪明的考古发现。它是孤单的。孤单和回忆成为它最后的财富。

雾散开了，那只水鸟已经在土洲上站立了整整一个小时……

我常常想，我是不是一个悲观主义者？或者说，我是不是太自私了？我享受着城市文明的好处，却希望乡村永存，是不是想自己在厌倦了城市生活之后再去寻求一个避难所？对这种质疑，我真是无法回答，因为事实摆在那里：我没有搬到乡下，而是生活在城里。这让我异常尴尬。我只能说，这是由于自己还缺乏足够的坚定和能力。而且，每个人都有自己精神层面的追求，对乡村的热爱，其实是对一种道德的忠诚。我相信，人类最美好的品德，是从土地里生长起来的。散文家苇岸曾这样写："看着生动的大地，我觉得它本身也是一个真理。它教任何劳动都不落空，它用纯正的农民暗示我们：土地最适宜养育勤劳、厚道、朴实、所求有度的人。"乡村永存，就是善意永存。

但这几乎就是一种观念了。事实上，在把城市化进程当作衡量一个国家文明程度高低的现代社会，"乡村永存"早就蜕变成了一种观念，阿勃拉莫夫如果是从观念出发喊出了那句话，他就永远不会失望，否则就只能是无奈的呐喊。这种无奈，根源于人类要求太多。

每一个飞上太空的宇航员，冲口而出的话都是"地球真美"。地球之所以美，是因为它的色彩，更因为它负载的繁荣生命。

高原白马

7月的海螺沟，万山葱绿，白水奔流，即使无雨，也是"空翠湿人衣"，何况雨淅淅沥沥，从早到晚地下；太阳偶尔出来，把山亮得轰隆一声，匕首般切割出谷地墨绿的阴影，随即退场，将这一方天地，重又还给细雨。清早，从与磨西镇一河之隔的贡布卡乡村酒店出发，迤逦上山，过了红石滩，再到情海露营地。极目眺望，山如半开的扇面，高与天齐，扇面上林木森森，藤萝交错，岚烟横逸；那岚烟白得只能用白来形容，稠稠的，能用刀割下来，也能用瓢舀起来，舀一瓢送到嘴边，吃进肚里，就能养活世人。这山里的神仙，该是吃岚烟为生吧？但当地人说不是，神仙吃树上的"面条"。沿路的松柏和杂木，枝条上密密实实挂着条状物，就是他们说的面条，其实样子和颜色，倒更像粉条。要长出这东西，对空气质量须有绝对要求。神并不遥远，干净即神。当地人告诉我们，人若食之，可舒肝利胆，养气蓄精。由此看来，"面条"并非神的食物，而是神对"干净"的揭示。

海拔扶摇直上，未到情海，已近3500米，但翠色不减，雨势更盛。石板铺成的便道右侧，是一面斜坡，坡上黄花点点。正是在这里，我见到了那匹白马。

　　马共有四匹，另三匹一棕、一黑加一匹黑马驹，它们在坡顶悠闲地吃草，唯这匹白马，独自来到路旁，面对七八个游人。旅游区的狗也对四方来客麻木，马何至于如此好奇？它的个头大于马驹，小于成年马，前蹄分开，后蹄并拢，在草地上静穆地站立着，比身体更白的鬃毛，披于前额，遮住眉檐，黑葡萄似的眼睛微微低垂，有着少女般不能言说的心事，像是刷过的睫毛上，似有若无地滴着雨珠。人人都朝它按快门，用相机或手机，它无动于衷，只沉浸在自己的忧郁里。可是人怎么可能去理会一匹马的忧郁？一人进入草地，要去抚摸它的头，它却并不领情，喷着响鼻，将头扬开，且灵巧地转过身来，以屁股相对。幸亏那人是行家，知道它转过身的目的，是要踢他，于是跟它拉开了距离。尽管它并没有踢，连踢的意思也未显露半分，却不依不饶，朝那人步步紧逼。那人扬着手，慢慢后退。直到他退出草地，马才又安静下来：如先前一样，前蹄分开，后蹄并拢，静穆地站立着。

　　雨越下越大，眼帘挂着瀑布，衣服从外到里地湿。下这么大的雨，竟听不到雨声，雨落在人身上，落在马背上，落在树叶和草棵上，都无声无息。天宇间铺天盖野的静，淹没了所有的嘈杂。而人是不能没有嘈杂的，人没有嘈杂，几乎就等于没有生活。像这般静如往古之地，到底不宜久居，于是，三两人继续前行，更多的选择下山，总之是离开了那片狭窄的草地。这时候，我看见那匹马，那匹忧郁而静穆的白马，完全变了模样，兴奋地抖抖身子，甩动独辫似的长尾，昂首向坡顶驰去，跟它的同伴会合……

"那时候，马和野马已经分开。"这句《旧约》般简古的言辞，把与马有关的人类活动，清晰地立定了边界。我一直以为野马跟人没有关系，几年前去黄河、长江分水岭的红原草原，碰到一个名叫色儿青的藏族女子，才从她的描述中知道，自从马成为人类生活的一部分，世间就没有真正的野马了。色儿青说，牧民将马放之草场，一年半载甚至三年五载也不收回，马在日光和星光底下，自由放牧，浴风驰骋。马的驰骋延伸着草原的辽阔。那时候，它们就叫野马，野马是站着的草原，也是可以奔跑的草原。到某一天，有个骑马的汉子来到野马群中，他的手里举着套马杆，他要把相中的一匹野马，变成马。那是草原上的英雄仪式，汉子与野马的合体，书写着速度与文明。

那么这匹马呢？我是说，海螺沟的这匹白马呢？很显然，它和它的三个同伴，还属于野马，它们与人类文明没有关系，与不远处仓央嘉措的情诗碑林，与深藏于针叶林中被称作"情海"的海子，也没有关系。白马独自对人，不是对人的好奇，而是要保护它们的草场。实在的，相对于野马而言，那片草场太过狭小了，下面更平整更宽广的地界，成了"情海露营地"，给了人。它们生活的地方，如刀身的两面，刃立高原，白马和它的家族，在刀脊上游走，所谓驰骋，几乎是说不上的。而这片"刀身"，不仅养着马，还养着两头牦牛和一群山羊，生存成为唯一需要，难怪一只山羊要后腿直立，前腿搭在灌木枝上，冒着摔下山崖的危险，抓过树叶来吃，也难怪那匹美丽而忧郁的白马，要把人从草地上赶出去。

我一直对野物深怀敬意，尤其是高原上的野物，它们的满身筋骨，都蕴含着推山填海的力量美。我崇敬它们，除了这种力量美，还因为，它们可以愤怒，不会忧郁，可以站立，不会无处可去。

一匹无法驰骋的野马。

一匹心事重重的野马。

一匹不得不亲自保护草场的野马。

——是对野马的矮化。

城里的狗和乡下的狗

乡下的狗越来越少了，狗都进了城。在我住家附近的花园里，只要是晴好的清早，往往狗比人多，通常是一个人领着一只狗，有的领着两只，甚至三只，在花园里时而疾奔，时而漫步。人无所事事，只要绳子不从手里滑脱，就可以天南地北地想些心事。狗却不同，它似乎对什么都新鲜，这儿闻闻，那里嗅嗅，有时还要啃两口带着夜气的草，若遇同类，就一面文雅地发出吠声，一面追逐。狗走在前面，人跟在后面，快和慢是由狗决定的，狗牵着人。时辰一到，主人发出指令，狗就知道要回去了，虽对草地恋恋不舍，但狗的本性使它懂得主人是它的神，只好给新结识的伙伴打声招呼，走出园子。

城里的狗真幸福。乡下的狗跟主人一道吃，伙食标准比主人略次，比如饭里加了太多的杂粮，主人就要把米粒剔尽，杂粮留给狗；主人炖了猪蹄，狗绝对沾不到一粒肉星，只能啃骨头，虽然狗喜欢啃骨头，可到底不如吃肉那么方便。而且，狗喜欢啃骨头说不定也是人的误解，世世代代的乡下狗都只能啃到骨头，我们就以为那是狗的天性了；狗吃饭的时间也要晚一些，主人没吃完，狗槽就是空的，必须等到最幼小的主人都放下碗，才有一瓢汤汤水水的残渣倾泼进门槛下的石臼里。这样的待遇，让城里狗听起来，真是见笑了。城里狗比主人吃得精细！它们食物中的蛋白质、钙、磷、维生素E都有国际标准，还有专门为它们制造饲料的企业，有民营的，也有合资的；一天到底吃多少顿，要看它们的年龄和身体状况而定。乡下狗如果不小心擦了一下人的裤子，就要被踢一脚，城里狗常常被人搂在怀里，受到温情的抚摸。乡下狗如果不是猎人喂养，很少有单独的名字，都叫狗（即使有自己的名字，也无非是根据毛色叫黄儿、白儿、黑儿之类），城里狗都有自己的名字，有的叫乖乖，有的叫丑丑，有的叫欢欢，还有的叫小姐、叫妹妹……不一而足，它们当然也有个统一的名字，但统一的名字不叫狗，而叫宠物。乡下狗如果把屎拉在庄稼地里，人是高兴的，如果拉在道上，被主人踩着了，就要遭到恶骂，即使拉屎的狗早跑得不见踪影，还是要被骂；城里狗要是在外面拉了屎，主人不但不骂，还要摸出人用的手纸为它擦屁股。不管是下雪还是落刀，乡下狗都只能用自己的皮毛保暖，城里狗却可以像人一样穿上衣服，有的还是上好的毛料，衣服的款式，跟人穿的一样时髦。

城里狗是幸福的。因为幸福，使它们很有教养。乡下狗长成之后，勇猛剽悍，见到陌生人，龇牙狂吠，声震旷野，而城里狗绝不狂吠，即使叫两声，也很注意控制分贝。（不过我听人说，那是人为它们做了声带手术，它们想大声叫也不行。）

  乡下有没有弃狗？我在乡间生活了十二年，之后每隔一两年要回去一次，都没听说过有这事。城里却有弃狗。那天我去书店，在书店外的大街上，一条狗在游荡。显然，它已经被抛弃好多天了，身上的长毛几乎落尽，眼睛不知是因为发炎，还是因为饥饿，红肿得睁不开，每有人从它身边过，它就抬起头望，人走出很远，它才缓缓地朝前走。我一直不清楚狗的心里是否会产生忧伤，但在人看来它是忧伤的。没人要它了，它就成了一条丧家狗。我想狗跟人一样，不怕没有房子，就怕没有家。我从店里买书出来，那只狗不见了。不久它就会死。死就死吧，它已享过福了，不应该有什么遗憾。乡下狗同样会死，只不过死得痛快些而已，主人想吃狗肉了，趁它不备时，一棒挥在它的颅骨上，它就倒下了，如果它还在哼，或者昏头昏脑地打着圈子，主人就再补一棒，它就死了；它还有另一种死法：主人把它吊起来，往它嘴里灌几瓢水，它就咽了气——主人这样杀狗，是想取一张完好无损的皮，剥下来卖掉，或者请师傅硝一硝，入冬前镶在棉衣里。这两种死法都很痛苦，但时间短暂，不像城里的弃狗，在绝望和盲目的奔波中，慢慢耗尽生命的元气。不过这有什么关系呢，反正是一死。死是所有生命的最后归宿，城里的弃狗懂得这个道理，就大可不必悲伤，再说，走向死亡的途中，它已有了足够的心理准备，而且可以多消遣一些世景，它依然比乡下狗优越。

但实在说，城里狗也有不及乡下狗的地方。乡下人养狗，一般是从它的幼年一直养到需要它死的时候，有很大一部分还是老死在自己的窝里。城里人很难把一条狗养到老死，都是卖来卖去，买来买去，送来送去。狗市上，老主人把狗关在铁笼里，笼外挂块牌子，上面写着狗的品种、年龄、体重、注射疫苗情况和价格，买主看上了，就连笼带狗提走。这就需要城里狗不断地适应新环境。城里人都知道，环境里的气氛是人创造的，到头来环境却控制了人。适应环境是绝大部分人要过的生存关卡，是他们必须要做的事；改变环境只有少数人才办得到。而环境并不那么好适应，它往往给人带来巨大的心理负荷，甚至心灵创伤。想必狗也是。何况狗的环境不是它自己创造的，适应起来就更困难。旧主人喜欢听它这样叫，喜欢看它这样跑，喜欢它以这样的姿势跃入怀中；换了新主人，说不定"这样"全都变成了"那样"，狗就必须接受训练，把过去的一切忘掉。狗的忠诚使它难以忘掉旧主人，可不忘旧主人就无法讨得新主人的喜欢，就可能面对更新的主人，面对更新的环境，甚至被遗弃在大街上。

城里狗很幸福，但要做好一只城里狗，并不那么容易，最难的一点，就是它不得不改掉一些狗性。

改就改吧，千万年的同居共处，彼此间难免有一些渗透，要改起来可能也不如我想象的那么困难，要不，城里的家狗怎么都活得那么欢实？它们该不是怕成为弃狗而伪装吧？伪装是一种复杂的心理活动，狗的智力恐怕还达不到这境界。说穿了，这也是它们在追求幸福的道路上所付出的一点小小的代价，与乡下狗生活的艰辛埋汰比较起来，实在算不了什么。

要真正说起来，城里狗比不上乡下狗的地方，应该是它们的爱情了。乡下狗到了发情的季节，人还没出动，它就不见了踪影，乡间辽阔的土地上，一片坡地，一条渠堰，一块石板，都可以成为它们歌唱爱情的场所。事前野地里的狂奔是它们谈情说爱的过程，公狗追上了母狗，母狗也看得上公狗的雄健和风姿，就接受它的爱情，站下来交配，否则，彼此拉倒，又去找别的狗。它们的背景很广大，碧天旷野，烂漫的山花和庄稼的幼苗，在风里摇动。城里狗行吗？春天里，你往那些养狗人家的楼下过，如果那只狗没被阉掉（被阉是城里狗的普遍命运），就会听到狗的惨叫。它们有吃有穿，叫什么？那点儿器官上的事情，熬一熬，季节一过就过去了，有什么好委屈的？——人大概是这么想的。可是狗还是要叫，骂它打它哄它都不行。国与国之间的语言能够翻译，动物的语言却始终没能翻译成人的语言，至少没有令人信服地翻译过来，而那些动物与人是这般亲近，可见亲近并不等同于理解。如果我把那些狗的叫声说成是"我亲爱的情狗啊，你在哪里，我想死你呀"，显然是混账话。城里狗交配的机会是有限的，除非主人想让母狗生小狗。即便这样，配偶也是由主人选择，长距离的狂奔所生发的快意，如果狗不会做梦的话，就没法体味了。城里人忙，狗必须为主人节约时间。我曾见两个少妇，把两只狗拉到一起，让它们干事，两个少妇就蹲在一旁，手里握着牵狗的绳子，说些与狗不相关的话题。狗的事情干完了，人就结束了谈话，站起来互道了再见，各人拉走各人的狗。狗没有余后温存的时间。在人看来，这实在有点儿不舒服。

  我不知道的是，这点儿不舒服，在养尊处优的城里狗心目中，到底占了多大的分量？

窗台上的世界

去外面散步，偶然看到几株被人丢弃的植物，身长不过寸许，分叉的叶已经打蔫，根须上没有泥土，泛着隐隐的白。这是生命即将消逝的迹象。我并不认识这种植物，只觉得它们被连根拔起，孤零零地躺倒在水泥路面上，承受着初夏发烫的阳光，怪可怜的，于是把它们拾起来，带回了家。带回家怎么办呢，也像别人那样，用一个花盆种起来，放在窗台上？自从我搬进这个位于七层楼上的房子里，窗台就一直是空空荡荡的。我曾经无情地讥笑过那些在窗台上种花的人，说他们以为经营那么一点花花草草，就叫热爱自然了。我宁愿让窗台空着，在电脑前坐累了，就站起身，望着苍茫的天际。在我所生活的城市，已经很难看到蓝天了，但夜深人静、城市睡去之后，那种把人引向深邃和宁静的色彩，依然会悄然呈现。天幕之上，是明月或星星，这种从远古走来的遥远生命，总让我充满莫名的感动。窗框只有那么大，白天和夜晚却交替着像鸽子一样扑进来，我想我没有必要再费心劳神地去种植花草。

可是，这几株被人抛弃濒临死亡的植物，却让我犯了难。

我把根部放进水盆里，想看看它们有什么反应。全是一副没心没肺的样子。我放了手，它们就轻轻地漂起来，叶片也同时没入水中，卷成一团，显得越发的没有生机。植物都是土命，没有土是不行的，即便能在水盆里吸收一些养分，也只能存活极为短暂的时间。我无可奈何地摇了摇头，挑选了一个底部脱瓷漏水的脸盆，出门找土。

为了几株垂危的植物，我不得不做自己讥讽过的事情了。

离小区不远的地方是个建筑工地，我很方便就找到了半盆土。回来用水和了，把那几株暂时还叫不出名字的植物栽种进去，放在书房的窗台上。

很快，我就忘记了它们。我依然要站在窗口去，但它们位于低处，还在角落里，无法进入我的视线。直到过了差不多一个星期，我去窗台上晾鞋子，才突然发现了那几株卑微的存在。盆里的土早已干得发裂。那是黏土，水浸了是一摊泥，干裂了即是一把刀，那几株植物，无一例外都被夹在裂缝当中。那一刻，我很愧疚，我既然把人家拾了回来，就应该负起责任。可是，它们还能活吗？由于失水过重，细小的叶片早已发黄（那简直不能称为叶片了），只在短促的茎部露出若隐若现的绿。

不管怎样，试试再说，我接来一瓢自来水，浇进了盆里。

次日一早，我惊奇地发现它们都活了过来，歪斜的躯干，一律挺直，叶片虽依然发黄，却像听到雷阵的兔子，专注地张开了耳朵。

从那以后，只要盆里的水干涸，我就浇上一瓢。没过几天，那些看上去已经死去的叶片，全都返青，表面有浅浅的茸毛，茸毛之下密布着肉眼难以分辨的血脉。有了这种成功的刺激，我渐渐热爱上了这样的工作。我觉得，它们就像孩子，吃饱喝足了，就尽情地玩耍，饿了渴了，就等着要饭吃，要水喝。我就是能够给它们饭吃给它们水喝的人。每当把一瓢水浇下去，我仿佛都能听到它们吮吸乳汁的吱吱声，看到绿色的生命在它们血管里奔跑的样子。

这确实能给我带来无与伦比的快乐。

生长是缓慢的。这也如同孩子。开始那几年，孩子老也长不大。但孩子能笑，能哭，能说话，植物不能笑，不能哭，也不能说话，它们的喜怒哀乐，只有它们自己能懂。但这无关紧要。每一个物种，都有自己的星座、语言和追求。谁都无权要求别的物种为人类活着。我们是最晚降生在这个地球上的生物，我们的任务不是攫取，而是发现，像惊讶的孩子一样去发现。比如种在我盆里的这几株植物,它们早就走在我们的前面了,人类诞生之前,它们的祖先就是这个蓝色星球上的居民,它们凭借自己的想象创造出的语言,以及这种语言所传达出的神秘信息,正是人类需要破解的秘密之一。

不懂得植物的情感和思想,责任在我们,而不在植物。

但事实上,正如梅特林克指出的那样,作为生命,我们彼此间又有那么多共通之处。我们都需要在黑暗中摸索,会遇到同样的障碍、同样的敌意和同样的未知,也怀着同样的希望和理想;更重要的是,我们拥有同样的规律、同样的苦痛以及同样艰难而缓慢来临的胜利,鉴于此,我们必须具有同样的耐心、毅力、自爱和多姿多彩的智慧,探究狭窄而蜿蜒的道路,实现不可预期的跃进。如此,我们会发现,在不经意之间,一些不能感知的事物,现在能感知了;一些不能确定的因素,现在确定了;一些因焦躁和失望带来的沮丧,现在被快乐替代了。

正是这样的!当我在某个夜雨后的清早看到那几株植物时,情不自禁地张大了嘴。它们好像在电闪雷鸣狂风吹刮的深夜开了一个会,会议的主题就是如何借助这自然雨水的滋润(上面有雨棚,但雨借风势,把花盆淋得透湿),如何快速地生长。会议一定是异常短暂的,接下来是行动。毫不迟疑地行动。当风雨停歇,曙光照临,每株植物都长了很高一截,茎变粗了,叶变大了,小小的花盆里，简直可以用郁郁葱葱来形容。

一旦长醒，就势不可当。没过两天，它们就铺展到了花盆之外，茎梢弯曲着，仿佛在缩了脖子想事，看哪里有可以攀缘的物体。这时候，我才知道了它们的名字：牵牛花。

上午半天，我放弃了写作，出门到处寻觅棍棒，准备搭一个花架。在城里，这东西是很难找的，我几乎走到了郊外，才终于在马路边拾到一根表皮发霉的竹棍。我捡回来，用刀剖成五瓣，将花盆搬到了窗台正中，把五瓣竹片的一端插进盆里，另一端呈扇面形系在靠近雨棚的晾衣竿上。

事就这样成了。当天黄昏，就有两株牵牛花缠住了最接近自己的竹片。又过两天，所有的花枝都找到了皈依。植物是七株，竹片只有五瓣，因此，有的竹片上就缠了两根藤蔓。

每一天，甚至一天中的上午和下午，我都能测量出它们攀缘的高度。

不出半月，就爬到了晾衣竿上。

显然，它们还在继续生长。我想这怎么办呢，总不能把雨棚揭开吧。不把雨棚揭开，它们又何去何从？后来，我想出了一个办法，就是将藤蔓沿着竹片倒回来。植物是向上的，很不情愿被我这样折腾，我只好每隔一点距离，就系上一根尼龙绳，待到又长出一段，并顽强地扭身过去时,我再系上一根绳子。我根本就不理解植物,不知道它们在遇到阻碍的时候,是会自己想出办法来的。很久以后,我去收拾雨棚,才发现那些分出来的枝蔓,从旁边弯到了雨棚之上,有一枝竟从雨棚联结处的细小缝隙挤了出去,在上面自成一体,形成一个绿色的网络。

终于开花了。喇叭状的、蓝色的花朵!我记得郁达夫说过,花的所有色彩当中,蓝色最好,他认为这是一种高贵而沉静的颜色。以前我并不赞同;我是喜欢橙色的,因为在我的故乡,春夏两季,遍山都开一种橙色的小花,后来我离开故土,远走他乡,每当在异地看到橙色的花朵,故乡和童年就轰轰烈烈地在我心底里泛滥了——当然,现在我自己的窗台上也开出了蓝色的花序,那又另当别论……它们总是开得很早,夜半时分,就开始了神圣的绽放,清晨5点过,天还没亮明白,喇叭就已经绷圆了,像是为万物吹响起床的号令。这时候,它们并不是沉静的,而是妖娆的,从妩媚中显出勃勃生机;站在窗前,我似乎能听到它们吹奏出的美妙音乐,那音乐也是蓝色的,蓝得透明。当太阳出来,城市醒来,它们才内敛而深沉地走向宁静。

我栽种的这几株,花每天开,花开花谢,都只有小半天时间,随后,喇叭就闭合起来,将后面的光阴,让位给那些胀鼓鼓的花苞。

随着季节走向深处,花越开越繁,有一天,我细心数了一下，竟有百余朵！

繁花密叶，为我遮挡了炽烈的阳光。我的书房面向东方，太阳一出来，就照进了屋子，让我根本看不清电脑显示屏，即使拉上厚厚的窗帘，反光还是刺得我的眼睛发痛，有了这几株藤蔓，整个夏季，我再也没受过那样的痛苦了。但它们又不妨碍我望天。从叶片的隙缝间仰望天空，天空的色彩就更加丰富了，连往常冷冰冰的月亮，也散发出蓝色的香味。

蝴蝶是什么时候飞来的？好几只，围绕花朵，开合着五彩斑斓的翅膀，飞累了，就在花茎或叶片上停泊下来，停下来后，还不忘记将翅膀慢悠悠地扑闪着。蝴蝶也知道自己是最美的所在。

鸟也飞来了。有一天，我正在窗下的书桌上工作，突然听到"喳喳"的叫声，我以为是幻觉呢，没去理会，可那声音有一种热烈的固执，好像就在对着我的耳朵叫。我转过头，看到两只麻雀，爪子抓住藤蔓，斜挂着身子，真是看着我叫的！它们的眼睛那么单纯，让我脑子里复杂的玄想显得可笑起来。两只麻雀的叫声节奏统一，似在齐声向我问候。我朝它们微笑，它们就不叫了，过一阵再叫几声。我站起来，想表达跟它们靠近一些的愿望，可它们却启翅飞去，消失在对面的房顶背后。这件事让我很沮丧，因为我无法获得一只麻雀的信任。不过，从那以后，它们就时时光顾我的窗前。不仅是麻雀，还有别的鸟。我懂得了再不去惊扰它们，任随它们来去自由。鸟从来没说过想跟人亲近，它们之所以来，是因为有了这几株植物，之所以去，是因为它们不想在一个地方待得过久。

连续下了六七天的雨。雨过天晴，阳光是那样好，叶片中闪烁着金色的、带着茸毛的光斑。清早起来，我意外地在花盆里看到了几只蜗牛！就在同一天的中午，一只蝉飞来了，它伏在一片叶的背面，"知了——知了——"地鸣叫。蜗牛和蝉，都是我小时候见过的，我以为不回故乡，就再也见不到这些或沉默或喧闹的生灵了，没想到它们竟来到了我的窗前！

黎明，蚱蜢在苏醒。

傍晚，蜻蜓在翻飞。

夜间，蛐蛐在歌唱。

窗台很小，呈现的世界却是这样大，都因为有了那几株植物。

自从栽下那几株植物，我就从没施过肥，浇的水也都是直接从管子里接来的自来水，然而，它却让我收获了阴凉，看到了花开，还听到了那么多生命的欢歌。

植物是伟大的，它们以非凡的热情，创造了世界的完美与和谐。

静默的辽阔与温柔

我家的咪咪死了。

这是一个星期天,儿子不上学,我跟妻子阿华,也难得睡个懒觉,8点过还没起床。老白刚从外面回来,食水未进,就踤着头,捯动短短的四条腿,从这间屋到那间屋,抠床板和衣柜门,找咪咪;只要咪咪没在它的视线里,它总是找它。我问阿华:"咪咪呢?"阿华说,夜里放它出去了,具体是几点钟,她没看表。我头脑里阴沉了一下,像一张纸被水漫过,湿淋淋的暗纹里,浮现出三年前咪咪被车撞伤的情景。那回阿华也是这样晕晕乎乎,记不住几点钟放它出去的,甚至记不住它在家里还是在外面,结果出了大事。

我说赶快起来吧,去找找它。

阿华先起床,抓了把猫粮,去楼顶平台。前几天,一只花猫老跟着我们,希望我们喂养。这只猫的鼻梁四分之一白,四分之三黑,黑得触目,像谁用蘸了浓墨的毛笔点了一下,点出个倒垂的惊叹号,我戏称它"曹操"。

"曹操"戴着防臭虫的蓝色项圈,身上也算干净,想必是有人养着的,可它尾随我们上楼,赶也赶不开,给它猫粮,它吃得连咀嚼也省略了。咪咪绝不会允许它进门,我们便把它带到楼顶平台,夜里它也歇在上面。

阿华在楼上叫咪咪,只叫出了"曹操",给了它猫粮,阿华又下楼去找。

不一会儿回来,在楼道里就听见她喊:"罗伟章啊,罗伟章啊……"

我心一紧,难道咪咪又被车撞了?

可她喊出的是:"我们的咪咪死了!"

她在电箱底下发现了它,很可能它是被电死的。

我穿衣着裤,下楼去。越接近电箱,越不敢看;越不敢看,眼睛越是锐利,不漏过任何一个细节。在电箱东侧的铁栅栏内,我找到了咪咪。它侧卧着,双目圆睁,四腿半伸,尾巴微微弯曲,紧贴电箱,张开的口腔里,焦黑,有泥尘,牙齿上戳着一片枯干的树叶。

看来确实是被电死的。昨夜下雨,漏电了。

我叫它:"咪咪!咪咪!"

它不答应。我伸手摸它,硬的,凉的。

它确实死了。

我说:"咪咪,你个狗东西咋就死了呢!"

我把锈坏的铁栅栏扒开些,抱它出来。

它没有动,它真的死了。

阿华拿来几张纸，是她平时抄写的《金刚经》，她说把这几页经文，跟咪咪一起埋了，让它得菩萨保佑，去另一个世界少受痛苦，早日投胎转世。不管是投胎为猫还是投胎为人，都再跟我们成为一家。最好是投胎为人，这样它就能跟我们说话。

我去电箱背后的一棵刺柏树下挖墓穴。锄头很小，泥土很干。昨夜的雨只是毛毛雨。

阿华再次上楼，拿来一件她的T恤衫，剪过半截的，穿在咪咪身上，主要是遮住它的头脸。身子不要遮，让它直接和地气接通。清洁工走过来，说你们的猫死了啊？你去花工李师傅那里借把大锄头吧。但我不愿意。我们的咪咪胆小，不熟悉别人所用工具的气味，闻到陌生的气味，它会害怕。对这把小锄头，它熟悉。我们为楼顶上的花草松土，都用这把锄头。侍弄花草的时候，它都在我们身边跑来跑去。清洁工又说："反正都死了，扔进垃圾桶，让人运走吧。"我实在不想搭理她。我只专注于挖墓穴。挖了几次，都嫌小，又挖，手软了，汗流出来。

大致差不多时，把咪咪放进去。

此前，阿华几次想把它的眼睛合上，都没成功。它的身体全都僵硬，只有尾巴的后半部是软的。并非柔软，不过能勉强扳动而已。我将它尾巴卷到它身体的内侧，保持侧卧的姿势，头朝太阳升起的方向。衣服遮住它的头和上半身，只有几根胡须伸出来，让它去到"那边",也能用胡须测量通行的路径。经文铺在它身上后,再用手把土推入坑里。

事毕上楼,碰见儿子下来。我们出门时,他还没起床,但他知道咪咪死了。问他去干啥,他不答,多问几声,他才愤懑地咕哝:"我去看看。"

我告诉了他地方。

咪咪就是儿子抱回来的。

那是2006年10月29日,我记得很清楚。在这之前的几天,他就把它抱回来过,他每次放学回家,进入小区,它都朝他叫,还弓着背,到他腿上来蹭。它明显是一只流浪猫,歇在楼下的电箱上,儿子中午将它抱回家,喂些食物,下午上学时再领下去,并带些饼干,放在它常待的地方。每次儿子领它出门,它的尾巴都弯曲着,像个问号,似乎在说:"你们不愿意收留我吗?"不是不愿,是不敢,我们从没养过动物,怕养不好它。但10月29日这天,儿子再不肯把它请出家门,因为它的右前腿吊起来,不敢着地,像是断掉了,不知是被人打的,还是自己跳下电箱时伤的。"等它腿好了再叫它走吧。"儿子带着哭腔恳求。我们无话可说。

我们叫它咪咪,这是猫的共名,但对我们而言,这称呼属它独有。

当天,阿华在木沙发上给咪咪垫了块桌布,让它睡觉，可到凌晨4点，它就喵喵喵地满屋乱窜，还把前爪搭在床沿上叫，一张小小的猫脸和闪闪发光的眼睛，在暗夜里很让人害怕，弄得一家三口都醒了。直到天快亮时，把它放出门，几个人才又躺了一会儿。早上起来，发现它在好几个地方拉了屎尿。它叫，就是想出门拉屎拉尿的，但那时候我们不懂它的心思。要是以往，儿子绝不会管，可这天他把咪咪的屎尿收拾干净了，上学时还把垃圾带下了楼，条件是我们不能把咪咪赶出屋子。

当然不会赶它。

过了十来天，咪咪的腿伤好了，可它再也不可能离开。

人与物从远古走来，有着相似的谱系，共通之处和亲密的程度，比想象的还要多，只须等到某一个时刻，辨认出彼此的踪迹——我们的和咪咪的踪迹。

它已经属于这个家。

或者说，它早就属于这个家，以前只是暂时的别离，现在它回来了。

它知道是谁把它领回来的，对它哥哥（我们的儿子）特别好，它的身体里装着一口钟，每到下午6点，就叫我们为它开门，门打开，它飞奔下楼，去接哥哥。哥哥要把自行车放进车库，因此它事先去车库外的草丛中候着。它跟哥哥一同回家。清早，它又送哥哥出门。它看着他骑车出了小区，便悲哀地叫着，一声连着一声，直到我们下楼，把它接回来。哥哥吃饭的时候，它跳到沙发背后的窗台上，为他舔头发。哥哥喜欢打篮球，常出汗，头发很容易脏，咪咪要把他的头发舔干净，让他在女生面前显得漂亮些。如果他动一动，它立即伸出前爪，把他的头压住，意思是你别急，还没打理利索呢。哥哥做家庭作业时，它就伏到他的书桌上去，尾巴一摇一摇的，守着他。

哥哥上学去了，它在家无所事事，不停地进进出出。楼上楼下，都是它的领地（至少它自己这么认为），它把领地一遍一遍地巡视过了，就回家睡觉。它最喜欢躺的地方，是我的腿。我两条腿并起来的宽度，刚好适合它躺。遗憾的是它不喜欢我抽烟，我一抽烟，它就很不乐意地跳开。上午十一点半左右，下午五点半左右，它必然到我的书房门口，执着地叫我，是说快吃午饭了，或者快吃晚饭了，请我丢下工作休息，去客厅看电视，它好躺到我的腿上来。我看电视的时候，是不抽烟的。

不过许多时候，它朝我们叫，没有任何物质上的要求，只是表达情感。那种叫声颤巍巍的，水灵灵的，如果它能说话，该是多么动人的言辞。夜里，一家三口要是躺在床上讲故事，说笑话，或者念书，它听见了，必飞奔而来，一跃而上，偎在人与人之间，成为一家四口。它专心致志地听，偶尔叫那么一声，表明它也懂某个笑话的玄机，同时提醒你：别光顾自己乐，还要注意它的存在。

你说：“咪咪，摇摇尾巴。”

它果然就摇了。

你说：“咪咪，摇快些。”

它就加快速度。

它懂得许多人话，比如它出门时，你交代一声："咪咪，早些回来。"它要是答应两声，一定是很快就回来了，没答应，就要很久才回来。它答应的声音不是"喵"，而是"唉"，两声连在一起："唉唉。"再比如，你说："咪咪，洗澡。"听到这话，不管它是蹲在电视机上，客厅墙角的书堆上，还是躺在人的怀里，都会飞纵而下，朝门口奔跑。它不想洗澡。你把它捉住，抱往卧室的卫生间，其间要转三道墙角，每过一道墙角，它都伸出前爪，把墙角抱住。

有了咪咪，我们才知道"藏猫"这个词来源于生活。咪咪经常故意逗人追它，但谁追，它是要选择的，我追它一般不理睬，阿华追，或者它哥哥追，它就跑得特别欢实，跑到一个地方藏起来后，你不再追了，它又出来，故意鸣的一声，从你面前经过，你再追，它再跑，再藏。清早听到哥哥起床的窸窣声，它便匍匐在卧室外的墙壁后面，扑朔着前爪，哥哥一跨出门，它迅速冲过去，勾他的腿。

它热爱这个家，因为爱，它生怕这个家发生变故。

如果两人吵架，它必跳出来制止，谁的声音大，它就抱住谁的裤腿咬上一口，咬一口还止不住，就咬住不放。但它极少咬它哥哥，它哥哥进入青春期后，头上长了角，身上长了刺，稍不留心，就惹到了他，就跟父母大吵大闹；正在变声的男孩，嗓音粗哑，怪异，是又低沉又鲁莽的那种，而且喊出的每句话都用了力，脖子上绷起青筋，为的是把父母的声音压住。他的声音分明比父母的都大，咪咪却不咬他，只咬我们。

这家伙，为一己之私心，也常常放弃原则。

咪咪是我们小区的名猫。不是说它品种名贵，它不名贵，它就是一只普普通通的猫，鼻头白色，身上黑、棕混杂，肚皮上有条白线，从颈部一贯到底，端端正正，像衣服的拉链。它有名，是因为它简直不像一只猫。它要陪我们散步。从没听说过有猫陪人散步的。当人们看见咪咪悠闲自在地跟在我们身后，或者欢天喜地地跑在我们前头，就会惊叹："天哪，猫还陪主人家散步吗？"这声惊叹让我们和咪咪都感到骄傲，但这句话的错误在于，我们不是咪咪的主人家，它自己就是主人。

它从不出小区。我们出北门，它就跟到北门；出南门，它就跟到南门；快到门口时，它伏在汽车底下，或者园圃的栀子花丛中，变着腔调，凄哀地叫。它是怕我们一去不返了，那样它就成了孤儿。这叫声让我们脚步迟重，往往多次返回它身边，对它说："咪咪，我们去一会儿就回来，你好好躲着，别在路上乱跑，免得车撞了你。"除担心它被车撞，还担心它遇到大狗，或者以折磨动物为乐的孩子。

它知道我们为它担心，如果它在楼顶上玩，玩够了想下楼再玩一阵，路过家门时，它都要和我们打声招呼，让我们知道它的去向。从楼底到楼顶，同样如此。它比我们的儿子还懂得"父母在，不远游，游必有方"。我们出小区后，它也听话地躲在不易被发现的地方，全神贯注地等着，一旦发现我们的身影，或听到我们的脚步声、说话声，迅即欢叫着跑过来，在我们的腿上蹭，还在地上打滚。即便下着瓢泼大雨，它也要等到我们才回家，那时候它身上淋得透湿，四条腿一撇一撇的，甩着脚板上的水花，快快乐乐地朝家的方向奔跑。它把尾巴举得像根旗杆，表明它是多么幸福。

这幅情景，小区里好多人都熟悉，因此好多人都认识咪咪是我们家的猫。

在我们那幢楼的另一个单元里，有家人也养猫，那家女主人说，她家的猫只愿待在屋里，"拉都拉不出来"，每次看到咪咪迎接我们，与我们亲热，她就远远地，很羡慕地张望。有次她跟女儿在一起，她女儿说："啥时候，把我们的猫带到你们家去，让它跟咪咪进修两个月。"

有段时间,我教咪咪叫爸爸、妈妈、哥哥,教一声,它学一声,从不懈怠。学得还真有点像。它的发声再不是嘴一张了事。阿华常常问它:"我们的咪咪是不是最聪明的?"它边摇尾巴边应答;又问:"我们的咪咪是不是最能干的?"它同样应答;再问:"我们的咪咪是不是最漂亮的?"它就既不摇尾巴,也不作声。对聪明和能干,它很在意,至于漂不漂亮,倒不是它关心的了。

有天下午,四川电视台新闻部主任来我家,知道了咪咪的一些事情,非说要让台里来为它拍个专题片。我们拒绝了。他动员老半天我们也没答应。人看动物节目,大多为了娱乐,谈不上尊重,而我们的咪咪是需要尊重的。

家养动物的聪明,全从爱和宠当中学到。咪咪在家里享受着充分的自由。不只是自由,还有特权。不知从哪天开始,它吃东西时需要人把它送到食盘边,不送,它就一直坐在你身旁叫,要是时间拖得太久才送它去,那叫声就长长短短,高高低低,相当地委屈;送过去了,还不能立即就走,须等到它动口的时候才能走,否则它会跟着你走,宁愿挨饿。为防止你提前离开,它伏在食盘前面,头转过来,盯住你的脚,这时候你得蹲下去,摸摸它,边摸边说好听的话,说上好一阵,它才会吃。

跟我们上楼的时候,它不想走了,就趴在地上不动,我们只好抱着它走。有人碰见,说:"嘀,咪咪又耍赖呀?"它眼睛剜两下,耳朵弹两下,似乎在说:"有你屁事!"

它想进来就进来,想出去就出去,从不受限。它性情活泼,精力充沛,一天要进出若干趟。自从养了它,阿华就没把一个觉睡完整过,每天夜里至少要起来三四回:它想出去了,就跳到她枕头边,把她叫醒;玩一会儿回来,又在外面叫门。养它之后,我们就陆续收养流浪猫,但只有咪咪会叫门,别的猫都是静静地蹲在门外,等门开时才知道进来。咪咪最大的本事在于,白天叫门声音大,晚上叫门声音小,像知道晚上是人睡觉的时间,叫声太大会吵醒邻居,而它的妈妈阿华,它叫得再小声也会惊醒。

白天还好,要是晚上,就很苦人。冬天更苦。一起一卧,很容易受凉。南方的冬天其实是很难过的,没有暖气,阿华和儿子都是过敏性体质,因此我们几乎不用空调,出了被窝,冷空气就像长着指甲,使劲儿掐你。为免除夜里起床受冻的劳苦,我曾想给咪咪配把钥匙,挂在它脖子上,让它自己开门,只可惜它直立起来,也没有门锁那么高。

热天它可以在外面找个阴凉而安全的地方睡觉,冬天一般回家来睡。睡哪里,同样有着充分的自由,冰箱上、书堆上(都为它垫了泡沫和毯子)、床上、衣柜里、床板底下，都行。夜半时分，它睡冷了，往往来到枕头边，把我们叫醒，要求进被窝；有时并不太冷，它也要求进被窝，这纯粹是情感的需要。我们从没嫌过它脏。它没把自己当成猫，而是当成人，我们也是这样看的。事实上，在我们家，它比人享有更多的优待。白天我和阿华在各自的书房里，天再冷，烤火炉都是开一阵关一阵，咪咪在客厅有个专用烤火炉，它这个是不能关的，它躺在炉子前面的布垫上睡觉，分明睡得很熟，我们在它身上盖件衣服它也没醒，可只要一摁下开关，它必然马上醒来，支起上半身，很不高兴地朝我们叫，是说："这不挺舒服的吗，关了干吗？"我们无奈地笑笑，又给它打开。

自从有了它，家里从没超过半天以上离过人，不得已出去半天，想把它关在家里，可总是难以办到，它比谁都快，门一开，迅速冲出去。我们说："咪咪，去楼顶上玩。"它很乖巧地朝楼顶上走。这让我们放心，楼顶毕竟比楼下安全。目送它拐过墙角，尾巴尖隐没不见了，我们才悄悄地锁门，轻手轻脚地下楼，然而，最多下两层楼，它就飞跑下来，得意地举着尾巴，走在我们前面。它开始假装上楼，只不过是害怕我们强行把它关进屋子而耍的花招。真拿它没有办法。想到它在楼下忍饥挨饿地等我们，还可能遇到危险，我就心神不宁，干什么事都匆匆忙忙，干完后好赶紧回去。

2008年5月12日，也就是汶川地震那天，下午2点过，我跟阿华各在一张床上睡午觉，咪咪在窗台的花架上睡，突然间大地轰鸣，楼房舞动，卫生间的镜子碎裂于地，书架上的书倾倒于地，我懵懵懂懂地醒来，完全不明白怎么回事。阿华也醒来，在那边高喊："哎呀罗伟章啊，是哪个在摇我们的房子啊！"我跑进她的卧室，她清醒了，说："肯定是地震了。"

我们住在七楼，也就是顶楼，外面的声音一点也听不见，只有砖墙挤压的声音，物什碎裂的声音，整幢建筑，如风中的枝条。

我说："快穿衣服。"

我们没有一点防震的知识和经验，根本没想到躲到相对安全的地方，或者跑出屋外，我想的只是，把衣服穿上，免得只穿着内裤死去，以后被人掏出来时难看。

我们穿衣服时，咪咪从窗台上跳下来，到卧室门口叫。地板颠得厉害，它站不住，就匍匐着。

阿华安慰它："咪咪，别怕。"

当我们把衣裤穿规矩，摇晃停止了。

劫后重生得那么突然。

"走！"我说。

咪咪率先出门。可它不是朝楼下跑，而是跑上了楼顶平台。我们平时对它说楼顶上安全些，它就记住了，现在也这么做了，但这是非常时刻，余震紧跟而至，谁也说不清房子会不会垮，这时候跑上楼顶，成了最不安全的地方。电脑可以丢弃，现金和存折可以丢弃，但咪咪不能。阿华提了个旅行包，上楼找咪咪，我则跑往儿子的学校。电话不通，车也不能开，只能跑去。阿华说，咪咪藏在隔热板底下，听到呼唤，迟疑一会儿，出来了。怕它在慌乱中跑丢，她把它装进了旅行包里。

她差不多是整个小区最后下楼的。

人类在大自然面前，探视到了自身的渺小，争斗、仇恨、猜疑、算计，如此等等，都变得是那样的没有意义，彼此之间，如同兄弟姐妹般亲热，哪怕根本就不认识，哪怕真的是仇人相见。人们看到阿华这么晚才跑出楼道，都朝她围过来，嘘寒问暖的，当得知她是为找咪咪才这么迟缓，都骂她是疯子。

咪咪是一只母猫。儿子把它领回家不久，它下楼玩耍时，老是受一些猫的追逐，一追它就往树上爬，叫它也不敢下来。我们当时不知道追它的都是在发情的公猫，以为是它们欺负它，很生气，把那些体形壮硕、相貌巅顶、眼神凌厉的家伙赶得远远的，再把咪咪接回家。

可很快它自己发情了。它来我们家后，还长了一些个头，证明刚来时它并没完全成熟，这可能是它第一次发情。它一发情，叫声悲惨，如饿婴高啼；有时连续叫，有时突然叫那么一声，吓人一跳。

它这时候最需要的就是出门去。

每次回来，身上都很脏。

咪咪长胖了，却越来越能吃。阿华说："胖成这样，还吃那么多！"它不管不顾，照旧吃。有天它跟我们下楼，它走在前面，肚子差一点就刮到了楼梯。邻居秦姨刚好出来，看它一眼，说："咪咪怀上了。"我们才知道它不是胖，而是怀上了。

怀上之后，它对我们越发地依恋。它体形细长，现在变得又圆又笨。有天阿华抱着它，对我说："生孩子是件痛苦的事，以后我们去把节育手术给它做了。"

咪咪像是听懂了，飞快地摇着尾巴，把阿华的腿打得啪啪响。阿华马上对它说："我说的是以后，不是说现在，无论如何，我们也要让你做一回母亲的。"

2007年2月2日，天还没亮，咪咪本来睡在我的被子上，毫无预兆地跳下床，钻入床板底下。床板一直为它开着。它钻进去就没再出来。它一定是生孩子去了。

那天，我弟弟、弟媳刚好来，弟媳属虎，据说猫生孩子的时候，属虎的人绝不能进那房间，也不能让它闻到属虎者的气味，不然会"逼"着它，害它难产而死，因此弟媳一直小心翼翼地回避着，既不站到风口上去，更不进去察看。上午10点过，儿子进我的卧室，伏下身，对着黑暗叫咪咪，它没答应。一直到了黄昏，阿华做晚饭时它才出来。它的肚子消下去了，看上去瘦得让人心痛。它不大吃猫粮，阿华便丢下厨房里的事，和儿子去欧尚超市为它买来猪肝和鱼，它这才吃了许多。

添丁进口的事情，当然值得高兴。两天过后立春，下楼一看，小区里的两树茶花，一树开了一朵，另一树开了三朵，红如火焰。紧接着下了第一场春雨，路面湿润润的，一只翠鸟歇在我窗前的花架上，叫声婉转如流水。这初始的春天，多么宁静而美好。

2月10日这天，清晨5点过，一只小猫从床底下爬出来，吱吱叫。它母亲出来唤它两次，它都不回去。它是想离家出走吗？可它还站都站不起来，后腿完全在地上拖着。我跟阿华戴上手套（怕沾染了我们的气味，咪咪就不认它这个孩子了），把小东西送到它母亲的身旁——它睁着绿豆大小的眼睛，身体刚好有手掌长——可它又爬出来。反反复复，送了三次。正在给它兄弟姐妹喂奶的咪咪，明显对这个不安分的家伙很恼火，朝它呵斥。但随即，咪咪用爪子抚摸它，用舌头舔它，它才安静下来。

月底，咪咪为它的孩子搬家，从我的床底下搬到阿华的床底下。它含着小猫的颈子，一只一只地搬运，每搬一只出来，我们就鼓一次掌。我们鼓了六次掌。

天哪，它那么小的身体，竟生了六只！

六只小猫都是纯黄色，这昭示了它们的父亲是谁。那个长着圆脑袋、老是目光低垂的大黄猫，追我们咪咪最勤、最狠，看来它是得逞了。

小猫生长迅速，一个月后就倾巢出动，在屋子里乱跑。夜里，奔跑追逐之声像一支马队，蹄声虽细，却如密鼓。它们还爬上阿华的床，好奇地瞅来瞅去，高兴了，就在床上打滚，或者搂抱成一团，你抓我一爪，我抓你一爪，还互咬耳朵和尾巴。有些调皮捣蛋的，吊住窗帘打秋千，体格健壮的，顺着窗帘攀到窗台上去，全不顾掉下去的危险，大摇大摆地从窗台的这头走到那头，又从那头走到这头。

咪咪随时斜卧着身子喂奶。这么一大堆孩子，它的奶水怎么够。它自己看上去还像个孩子呢。阿华去买了若干盒牛奶，倒进几个食盘，并放进一些猫粮。小家伙们蹲在食盘旁边，占强的还把脚踩进去，吱吱有声地舔食牛奶；猫粮泡软之后，它们的嫩牙齿也能嚼碎。这样，吃母亲奶水的时候就少了，消瘦下去的咪咪，又逐渐恢复了形貌。

终归有分离的那一天。我们不可能养这么多猫。要把小猫送出去，是件难事。接收的人要爱它们，这是首要的，也是唯一的条件。想来想去，觉得孩子更可靠些，于是儿子在他班上宣布了送猫的消息。响应者甚众。儿子从中挑选了六个，两男四女，让他们来领。对咪咪而言，那是多么痛苦的一天，当它的孩子被带走，在楼道上可怜地叫，只有它能听懂那是在叫妈妈。叫声愈来愈远，愈来愈微弱，被关在家里的咪咪，疯狂地抓门，哀叫，门抓不开，就跳到高高的鞋柜上，彷徨四顾，看能否找到出口。

好些天过去,咪咪都在屋子的旮旮旯旯里,找它的孩子。

又过了些日子,儿子去收养小猫的同学家回访。除一家转送了别人,另五家都养得很好。

小东西长大了许多,再也不认识他,见到他就惊慌地躲藏。为此,儿子非常伤心。

分离的痛苦不仅咪咪承受,我们同样承受。

我们不愿让这种痛苦重复,当咪咪的身体复原,就去给它做节育手术了。

那时候我在上海,住在青浦区金泽镇西岑社区山深支路100号。这里白墙绿瓦,自成院落,两米多高的院墙里侧,是一棵挨一棵的香樟树,院中有一花台,花台里种棵马尾松,马尾松并不高大,松针却厚实地铺张,看来是有些年头了。两排带游廊的平房,加上厨房、餐厅、活动室、菜地、鱼塘、鸭舍,成为老人们安度晚年的地方。也就是说,这里本是个养老院,但现在成了我和20个学友念书的地方:上海市首届作家研究生班。校舍之外就是田野和村庄,旁边有一江,叫横江,还有一湖,叫淀山湖。自晨至昏,只闻鸟声,难见人影。要买东西,得走半个多钟头去社区的超市。春天里,江风尚有寒意,呜呜地吹,间以汽船笛鸣,很是让人寂寞。

去的次日,我就用电子信箱给家里写信,抬头是"妻、儿、咪咪"。也是那天,阿华来信,说儿子在上学,咪咪正躺在她腿上,她向它转达了我对它的问候。次日晚,阿华又来信,说去给咪咪做了节育手术,从上午10点,做到中午12点(医生说,咪咪又怀上了,胎儿已有菜籽那么大)。术后,咪咪不睡觉,却一直昏昏沉沉,肚子上缠着绷带,一会儿嗷地叫一声,使人不忍听闻。

阿华抱怨:"你和儿子一向把这类事推给我,说我忍得下心,其实你们对我才真是忍得下心。"

接连两天,她带着咪咪去输液,防术后感染。咪咪拆线之前,她一直围着它忙,别的事都做不了。

那些天,我老是做噩梦。我跟北京的温亚军同住一室,可他未到校。我夜里独宿,江风凄紧,雨又一直下,远处雷声隐隐,怪鸟哀鸣,伴以时不时暴起的犬吠,竟莫名地觉得害怕。醒过来,我打开电视,想着咪咪受苦,连带妻儿受累,一会儿迷迷糊糊睡过去,又是噩梦相续。也不只是我,好些同学都做噩梦,隔壁的界恩在梦里听见马桶"哗"的一声响,惊醒后马桶真的在响,而他也是一人单住;女生宿舍那边的姚鄂梅,梦见有人来跟她挤床铺,压得她喘不过气。鉴于此,有天校方请我们去朱家角吃了喝了,买来二百元鞭炮,在我们院子里噼噼啪啪地放了一通,祛邪。上海人信这个。

可我依然做噩梦。越做噩梦越想家,想我的每一个亲人，自然也包括咪咪。

断断续续的，我在上海算是度过了两年的时光，当我回到家，咪咪更活泼，更可爱，初次跟我见面，它还有些怕我呢，绕着圈子躲。我说："你就装吧！"听见这话，它居然就不再躲了，或者它果真懂了我的意思，被我拆穿，就不再装下去了，又来跟我亲热，跳到我的腿上，细致地舔我的手，一根指头一根指头地舔，指缝处也不放过。它是担心我带进了外面的风尘，已变得不洁。

许多时候，是的，许多时候，我多么希望咪咪真的不是一只猫，而是一个人。但事实证明，它确实就是一只猫。每过些天，它就带回一只老鼠。它咬死老鼠，从不吃，只带回家来，向我们表功，以证明它是怎样在尽着一只猫的本分，因为小区保安曾当着它的面说："现在的猫都退化了，不咬老鼠了，有些猫甚至怕老鼠。"这话伤了它的自尊，因此它很勤勉地去花园里捕捉。只要得手，就含在嘴里，飞奔回家，把猎物丢在我们面前。而我们，并不希望看到这种景象。我有时想，老鼠实在是世上最艰难的动物，有天敌的捕杀，还有人类的剿灭——隔那么三两个月，小区里就贴出告示："明天放鼠药，请各家各户管理好自己的宠物。"有回邻居郑叔秦姨家药到一只老鼠，老鼠昏头昏脑地钻到了电视柜下，郑叔请我去帮他把电视柜抬着，他和秦姨逮住黑黑的、光溜溜的鼠尾，将扭动的鼠身拖出，用晾衣竿击其脑袋。这情景我不忍直视，马上离开了他们家。我觉得自己做了一件很不好的事情。

在西方哲学中，有一种流派让我十分倾心："物活论"派。简言之，这一流派的观点，相当于东方哲学中的"万物有灵"，只不过走得更远，远到没有边界——即便是一尊石马，既然它雕刻成了马的形状，也便具有了马的灵魂，应该受到跟真马同样的尊重。何况是活着的、有呼吸有体温的生物。我希望自己的内在星空，同样没有边界，能与万物荣辱与共……

最不愿看到的，是咪咪捉鸟。

可它偏偏喜欢捉鸟。

捉鸟有难度，因而更能让它产生成就感。

在咪咪生孩子半个月后，一天下午，郑叔提着鸟笼敲门，说他们要回老家去，请我们把他的两只鸟代养一周。一只小灰鸽，一只腊嘴雀。我当时就有所顾虑，但心想将鸟笼放高些，咪咪就只能望笼兴叹，何况它还有孩子要照顾，该不至于那么婆烦（讨厌）。我在卧室里重了两张方凳，将鸟笼置于顶端。谁知，不到半个钟头，就听到里面发出"砰"的一声响，冲进去看，鸟笼被咪咪撞倒，腊嘴雀奄奄一息。

咪咪没有咬着它，也没来得及抓它，它是被吓成这样的。我把腊嘴雀取出来，它睁着乌溜溜的眼睛，身子带着奇异的、小小的温暖,但很快,眼睛闭上了,温暖慢慢飘走。它死了。

郑叔交给我时,说腊嘴雀一天叫两次,一次叫在早上7点,一次叫在晚上9点,可我没听到它叫一声,它就死了……

第二天,姨妹开车,带着阿华去成都郊区龙泉驿的洛带镇,买了一只差不多大小的腊嘴雀,放进笼子,算是给托付的人交差(四年过后,我们才把真相告诉郑叔)。

接下来的几天里,搁鸟笼的那间屋,再不敢放咪咪进去。

但楼上楼下的鸟雀,却在我们的保护范围之外。咪咪捉到过好几只。鸟歇在树上,它无法企及时,就抬头望着,学鸟的叫声,吸引鸟儿下树。当然,再怎么学,也学不像,我经常嘲笑它:"别学了咪咪,鸟不会听你的。"可它学得那么认真,叫得那样缱绻缠绵,发出的每一丝声音,都是清波荡漾的颤音,对树上的生灵,似抱着无限的情意。直到鸟们展翅飞走,它才很无趣地收起它的伎俩,很不好意思地舔舔自己的颈毛。

但鸟总有下地的时候。它们要下地找食,特别是雪天。

雪天里,我们会上楼喂鸟,将米粒放进食盘,搁在角楼伸出的平台上,距地面有两米多高。即便如此,也难说保险，咪咪弹跳力惊人，总能在不是机会的时候逮住机会。对此，我们教育它多回，说如果你是一只饥饿的猫，我们可以原谅你，也理解你，但你吃得饱饱的，为什么还要抓鸟呢？阿华还把它抱起来，举到面前，盯住它的眼睛，给它讲生命的唯一性，因为唯一，所以可贵，所以成为所有权利中最根本的权利。可话说得再好，咪咪也听不进去。

它毕竟是一只猫。它有它的本能，也有它自己的生命法则。

它朝鸟扑去时，多数时候就像那只腊嘴雀，鸟并未被抓死，只是吓晕了，一动不动，它就把鸟含回来。这时候，如果门关着，鸟就几无活路，咪咪要叫门，嘴里含着东西，不能叫，便把鸟丢下，弄死了才叫——因此，只要咪咪出了门，我们就把门打开，它顺利进屋，把鸟放下，说不定能给鸟一线生机。果然这样救下了一只鸟。那天我们正吃午饭，咪咪不声不响地进来，嘴一松，一只野画眉滚落而下，稍一扑腾，就站起来了。阿华惊呼一声。画眉朝窗台飞去，但玻璃窗是关上的，它重重地撞了一下，又落到地板上。咪咪很愤怒，去扑，被我抱住了腰。阿华将画眉捉住，跑上楼顶，并关了门，不让咪咪跟去。画眉在她的掌心里，张着嘴，细细地喘息。阿华鼓励它飞起来。几分钟后，它试着扇了扇翅膀，然后"铮"的一声，离开掌心，子弹一样射入灰白色的天空。

2009年的4月,我跟阿华去菜市场,买了十余个运送蔬菜的大竹筐,放到楼顶平台,种花种草种菜。种这些得有土,幸好小区三幢后面有个荒土堆,我和阿华空了就用塑料袋去提来,种上玉米、南瓜、丝瓜、海椒、蔷薇、月季、罗汉竹、向日葵,还种了桃树、枇杷树、樱桃树、桂花树、美人蕉和黄角兰,有风吹来和鸟带来的种子,只要发了芽,也悉心浇灌,任其生长。某天清早我去背土的时候,咪咪跟我同去,土堆旁树木繁茂,鸟雀甚多,鸟们见了咪咪,拍打翅膀,齐声怒鸣,整个林子灌满了动荡的声音,咪咪竟吓得伏在地上,不敢稍动。我对它说:"咪咪呀,你要记住,世间有种卑微的力量,联合起来就会变成可怕的洪流。"

咪咪有时候欺软怕硬,这是它的缺点。比如,它要是碰见大狗,毛发偾张,身体包括尾巴,立刻肿胀起来,将背一弓,迅速逃跑;要是碰见小狗,就是另一番情形:直冲过去,不是抓一爪,就是朝狗脸上扇一耳光。与我们邻近的单元,有个异人,一个不上三十岁、脸盘圆圆微露胖意的男子。说他是异人,是因为他能把树上的鸟唤到他的肩头上来,他噏着鲜红的、肉嘟嘟的嘴唇,随意(我听上去是随意)吹出一串音符,鸟儿就蹁跹而下,落在他的肩上;他偏过头,细声细气地跟鸟说话,说上几句,叫鸟儿走,鸟儿就听话地飞开。他如此轻易地跨越了物种的界限,让我对他充满敬意。他也养了一只小狗,有天他带他的狗出来散步,正碰上我跟咪咪在楼底下,咪咪见了他的狗,冲过去就是一巴掌,打得小狗汪汪叫。这事弄得我很尴尬,连忙给他赔礼道歉。他一面心疼他的狗,一面欣赏咪咪的敏捷和勇敢,神情天然而醇厚,那种毫不做作的宽爱之心,十分动人。

咪咪还是自私的。自从养了它,我们对猫的生计与苦恼,就特别敏感,它们最大的苦恼来自饥饿,见了流浪猫,我们都要放食。有天夜里,我因赶一篇稿子,凌晨2点多了还坐在书房里(平时我是不熬夜的)。书房朝向小区花园,我正写得起劲,听见花园里一只猫叫,叫声孤苦,节奏单调,那是有所乞求的饿猫的叫法。我再也安不下心,直到下楼去给它放了食,它不再叫了,工作才能继续下去。而流浪猫是那样多,常常三五成群,我们放的猫粮也便与日俱增。咪咪能闻到自己粮食的气味,那气味里掺杂了我们手掌的气味,因此它能准确判断粮食的来源,见流浪猫吃,它就发火,喉咙里憋出低沉的、类同于狮子的吼声。

有时候,流浪猫会跟着我们上楼,跟着我们进家门,我们便在地板上铺张报纸,抓几把猫粮给它们。咪咪如果在家——天哪,这还了得!它蓬松着满身毛发,迈着霸王步,朝流浪猫逼近。要是我们制止不及,它会"喵"的一声扑过去。

可它却主动领回了一只猫。它领回的，我们当然要收养。那是只公猫，体形硕大，我们叫它胖儿。其实胖儿刚进门时一点不胖，它一定是经历了长时间饥饿和流浪的历史，吃东西不发出一点响声就吞进胃里，而且不知道什么时候才算饱。痛苦的经历让它对吃食充满强烈的占有欲：它的食盘分明装得满满的，却要先去咪咪的食盘里吃一阵，才吃自己的。咪咪竟也容许它。将近半个月时间里，胖儿不停地拉稀，到处拉，满屋拉。我们对它说："你现在不是流浪猫了，别吃得那么饿痨饿相，今后有你吃的，你放心。"它真就放心了，知道了饱足，调理了肠胃，身体也才渐渐胖起来。

不过，咪咪带胖儿回来，本意是想胖儿陪它玩，并不希望我们收养，见我们居然收养了它，咪咪很是吃醋。它当"独生子女"当惯了，又太自尊，因此觉得，与其爱被分享，不如没有。

于是它离家出走了。

那是2007年的9月下旬，它出门后，一整天没回来，第二天还是没回来。把我们急成啥样，它全不顾及。而那时候，中国作协组织了七八个人去川西高原采风，其中包括我。坐在车上，同行们闲聊，天津作家武歆竟说起了猫的故事。他说有种动物，名字记不清了，好像是果子狸，猫最惧怕，见到它就不能动弹，因为它吃猫；它不仅吃猫，还让猫死得毫无尊严：它用尾巴轻轻一扫，猫就听从它的指令，朝水边走去，然后猫喝水，喝啊喝啊，皮毛胀得发亮，再也喝不下去了，就吐，把肚子里的脏物全吐掉。要是果子狸觉得猫吐得还不够彻底，尾巴又是一扫，猫再喝，再吐，直到吐出的全是干净的清水，果子狸才从容下口，将猫咬死，食其肉，啃其骨。

听了这故事，我沉重得不能呼吸。

我想象着咪咪遇上果子狸了……

当天夜里，在海螺沟泡温泉，泡温泉过后又去吃烧烤，喝酒。温泉很好，酒肉也好，可一切的好，都是他们的。

次日早上，阿华打来电话，说咪咪凌晨3点钟回来了！

那之后的行程，可以想见我是多么愉快。进海螺沟看古冰川时，本是雾海蒸腾，转瞬间云开雾散，金灿灿的阳光，照亮了满山满谷；从沟里出来，遇见一群猴子，有只老猴竟摘下一朵黄色野花，认认真真地别在自己头上，朝我们挤眉弄眼，像个老练的媒婆。接着去康定，上跑马山，看"情人林"，听《康定情歌》，导游志玛和安珠，漂亮得像来自仙界。再去炉霍，正值中秋，月亮大如磨盘，有太阳那么亮，把草原和房舍照得明晃晃的。再翻越海拔5000余米的雀儿山，去德格，这里是格萨尔王的故乡，也是康巴文化的发祥地；德格不远处，金沙江劈山而去，划出川藏边界。再去道孚，去丹巴的美人谷、牦牛沟和古碉堡群……路上颠簸厉害，多人苦不堪言，可是，我是多么愉快！在炉霍的时候，我们让宾馆服务员叫早，她说可以呀，但你们要先把我叫醒。次日真是我们去叫她退房的，还叫老半天也叫不醒。这段插曲，别人觉得不可思议，甚至忿忿然，而我也感觉那么美好。

阿华说，咪咪回来后，像个受气的英雄，既不理睬她，也不理睬胖儿。

又过两天，它的情绪才好了些，又像先前一样活泼而淘气了。

胖儿在我们家待了大半年，某天清晨出门，就再没有回来。我们去小区里找，还去邻近的小区找，都不见它的踪影。它是感觉到咪咪的嫉恨吗？抑或感觉到我们爱咪咪比爱它更多吗？

它去得那么决绝，一去不返，离开时还连声招呼也不打。

这家伙！

它不知道我们有多么心痛它……

后来有人安慰我们，说公猫是养不住的，她家养过好几只公猫，没一只养住过。我们接受这种安慰，但无论如何，也没法不牵挂胖儿往后的日子。

小区里有只特殊的流浪猫，纯白色，体毛奇长，像只小绵羊，我们叫它老白。老白的右眼暴了眼珠，常常流脓。我跟阿华去买来消炎药，先用盐开水为它清洗，再把消炎药搽上。可那眼睛伤得太厉害，脓流得太多，秽物隔夜就在眼眶底下凝成硬块。听说老白以前也是有人养着的，出门时被人用树枝戳破了眼珠，养它的人就不要它了。我们为它洗了很长时间，搽了很长时间，虽有好转，却不能治愈。说自家的猫"拉都拉不出来"那家人，也注意到了老白的伤情，跟我们商量，说把它弄去医院做手术，手术费我们两家平摊。这当然好！可说是说了，却一直没去做这件事。后又听人讲，万一手术不成功，还可能把它的左眼弄瞎，如此，就更不敢轻举妄动了。我们只是天天给它送食，还备了口碗，盛水让它喝，水隔两天就换。洗眼睛搽药水的工作，也一直没有断过。

它不仅瞎了一只眼睛，还是个聋子。我想它的聋定与眼睛一样，都是被伤的，后来看达尔文的《物种起源》，他竟说，白毛蓝眼的猫，是天生的聋子。老白就是蓝眼睛。这让我非常惊讶。

2010年，成都的冬天特别冷，报上说是几十年不遇的极寒天气，我们找来个大纸箱，放在楼下能避雨雪的地方，且在纸箱里铺了毛衣，底下垫了防潮的泡沫，上面先搭一件御寒的厚绒衣，再盖一张塑料薄膜，用石头土块压紧，让老白钻进去睡。老白果然睡了进去。

可猫是不在一个地方久睡的，尽管人觉得那地方它睡起来应该很暖和，也很舒适。老白又睡在了泥地上。我们以为谁动了它的窝，或者去那窝边惊吓过它，便把纸箱换了位置，并把垫在里面的毛衣换了一套，让它忘记惊吓它的人或猫的气味。它进去睡几天，又睡了出来。有天午饭后，我们出门散步，见它傍墙而眠，地上虽铺了块毡子（绣着"出入平安"的门垫），可那怎能抵挡风寒。这天出了太阳，然而太阳不仅没增添热力，反倒比往天更加干冷。我过去摇它，它蜷成一团，摇不动。我使劲儿扳，竟也扳不醒，而且扳不开。它蜷得如钢筋一般。

为保暖，它把自己变成什么样了！

这不行，必须把它收养回家，不然它会冻死的。

老白进门的那天，咪咪就极不欢迎，强烈抵触。它好像很看不起老白——一只独眼猫，又是聋子，还和自己是同一性别。以前，咪咪跟胖儿还互相追逐取乐，跟老白从不这样，老白去逗它追，它理都不理。稍不留心，它就抓老白一爪，一撮白毛被抓掉，在屋子里静静地飘飞。老白只抗争过一次，那次咪咪实在把它抓疼了，它委屈地叫两声，朝咪咪扑过去。它的体重至少比咪咪重三分之一，咪咪被撞倒，猛地一声尖叫，翻身起来，又惊又怒地跟老白对峙。老白觉得自己做了不该做的事情，走开了。

咪咪继续欺负它，但老白再没还过手。咪咪恨它，依然是怕爱被分享。当咪咪躺在我的腿上，老白也走过来的时候，它的情绪反应最激烈，伸出爪子，飞快地舞动；即便它躺在我腿上，老白跳到阿华的腿上，它的喉咙里也滚过低沉的咆哮，威胁老白，还从我腿上跳下去，坐到阿华面前，瞪着老白。它发怒时双耳直竖，目光炯炯，英气逼人。这时候最要小心。老白已经瞎了右眼，我们生怕咪咪抓瞎了它的左眼，因此把咪咪拦开，轻言细语地对它说："老白身世可怜，你要同情它。"

它大声叫，叫声里余怒未消。它并不同意我们的话，逮住机会，照旧欺负老白。

可老白对咪咪是那样依恋，简直可以说是一往情深。咪咪坐在某一处沉思默想的时候，老白就冲过去，还有一尺远，就猛然止住。它冲过去不是要进攻咪咪，而是想跟咪咪玩。它知道咪咪会抓它，头朝后仰，耳朵朝后倒，眼睛闭起来。它跟咪咪要是同在楼下，我们去叫，咪咪不回来，它就不回来。咪咪身手矫健，三两下爬到小树顶端，伸长脖子，朝底楼人家的窗户里偷看，老白就蹲在树下，很崇敬地望着咪咪。咪咪玩够了，要回家了，它就跟在咪咪的屁股后面。咪咪不让它跟，转过头，龇牙咧嘴地弄出呼呼声，吓它，它就跟咪咪保持一定距离，咪咪上五步楼梯，它上两步楼梯。

这样过了半年左右，情况终于有了变化。咪咪不再随便抓老白了，也让它跟在屁股后面一同回家了，而且还能在一起头挨头地躺着，安安心心地睡觉了，楼下有猫狗欺负老白，咪咪还跑过去帮忙。

宽容和爱，是可以学会的，即便对一只猫而言。

咪咪怎么那么容易招灾呀。被车撞那回，它就差点死了。

那是2008年5月2日，汶川地震前10天。凌晨1点过，它要出去，我为它开了门，它下楼去了。清晨6点，我醒来，问阿华咪咪回来没有，她说回来过了，又出去了，可接着又说不知道出去没有，她为它开过几次门，昏头昏脑的，记不清。说来也是奇怪，平时我跟阿华散步，都是在饭后，可这天我说："我们出去走走吧。"阿华同意了。下到五楼时，听到猫叫，是咪咪的声音，以为它在上面，要进屋，阿华返身去为它开门，我继续朝下走，没想到它横躺在二楼和三楼的拐角处。我以为它像往常那样，见到我们耍哆，蹲下身摸它，它不动，吆它起来，它也不。它身上软绵绵的，脏得很，但并没引起我过多注意。阿华下来后，我说："咪咪一夜未睡，肯定累了，你把它抱回去。"阿华抱上它，也觉得它软得像没长骨头，与它往日精干的风格大不相同。但还是没引起注意。我下楼等阿华，可她在四楼喊我，我上去一看，咪咪屙血了！

我接过咪咪，走到五楼的时候，它又屙了血，始知问题严重。

肯定是被车撞了。凌晨的小区，有早出或晚归的住户，还有垃圾运送车。

伤得这么厉害，它竟然还爬了两层半楼，那该是用了多大的力量，忍受了多大的痛苦。难怪它身上那么脏。它想回家，可再也爬不动了，才无奈地等在那里。它一定呼唤了我们许久，但距离远，加之力气不够，叫声细微，我们没有听见。幸亏出来得早，要是晚些，被别的人碰见，不小心在它身上踩一脚，或者故意踢它一脚（这样的人总是有的），它还有命吗？

必须立即去医院。我带着咪咪等在那里，阿华回去拿钱。先去小区西侧公园旁边的那家，结果发现不是医院而是宠物美容院。又坐出租，去一家宠物诊所。写着24小时接诊，可就是敲不开门。没带手机，阿华去马路对面刚开门的店铺，店铺里有公用电话，阿华拨打贴在诊所门外的号码，打了很长时间才有人接听，又过了好几分钟，卷帘门才哗哗啦啦地升上去。

一个二十多岁的小伙子，睡眼惺忪，很不高兴的样子。咪咪发出疲惫而脆弱的叫声。医生过来摸它的腿骨，对我们说："最好拍片，不然无法下结论。"接着问我们："拍吗？"我说，你觉得有必要，就拍。他说我当然觉得有必要，可又问："拍吗？"这让我很不舒服，我不知道是现在的医生不自信了，还是因为敲患者的竹杠，便做贼心虚。我说："拍啊！"他说："一张80块，但要从不同侧面拍两张,才看得清。"拍两张也照啊!片子拍过,医生将片子取出,用电风机吹,随后挂到有灯光的墙上去。我走过去问情况,他说:"看片子是项专门的学问……骨头没有问题。"

我们把拉血的事说了,拉血的同时,屙了两团屎,屎干干净净。医生说那是内脏有问题,不是膀胱就是尿道,而且说只有借助外科才能治。他是否能治,却不说。他只说给它量量体温吧。于是将体温表插进咪咪的肛门,咪咪疼,挣扎着。一两分钟后,体温表取出来,医生说37度,偏低。我想肯定是流了血的缘故。咪咪的唇上,有个很大的裂口,显然流过不少血,鼻子上都是血迹,是它用舌头舔上去的。何况还尿血。

医生始终不说能不能治,我们只好让他把咪咪唇上的伤口清洗一下,抱回了家。

把它放在床上,想让它好好睡一觉。可它爬起来,要往下跳,阿华接住,放在地板上。它摇摇晃晃地走,有条后腿,显然无力,但并没拖着,看来骨头的确没伤。它到了客厅,径直往沙发底下钻。它知道自己伤了,病了。只有病猫才拣黑暗处走。它的自尊不想让我们看到它的病态。我和儿子把它从沙发底下抱出来,阿华在她的电脑桌下面,铺了塑料软垫,把它放到垫子上,盖上衣服,它安静了些。

次日是周末,儿子拿出《猫狗养护手册》,念对病猫的养护一段，说要是它长时间不吃不喝，就可能造成神经紊乱，还可能死亡。我们吓住了，马上去医院给它输液。虽然，对昨天去的那家医院不满意，但附近仅此一家，只能将就。从上午九点半，输到近12点。还打了止血针。回来后，发现咪咪嘴角流沫，以为是正常反应，可到下午3点过，还流，肚皮都打湿了。阿华去医院询问，医生说，可能是对某种药物过敏。阿华打电话回来，让把咪咪抱去。我和儿子又把咪咪装进提包。有两个医生，还有老板娘。老板娘说，打一针就没事了，如果家里有扑尔敏，发现这种情况，给它喂一点进去，同样没事。为咪咪拍片的医生抚摸它的背，另一个更年轻的医生过来帮忙。好一阵过去不见动静，我问什么时候打针，却说已经打过了，是那个年轻医生打的。我们都没看见，像是打的隐形针。

但确实的，咪咪嘴角的沫子少了。

提回家后，它的声音却发不出来，只有微弱的呜呜声。

到晚上也这样，且依然不吃不喝，依然尿血。晚9点过，我们企图用针管给它灌些牛奶，可它坚决不肯，牛奶从嘴里溢出。它本来就相当疲惫，还把它这么折磨来折磨去。半夜，我和阿华起床，见它蜷缩在沙发底下，将它抱出来，放进我书房里，盖上被单。过两小时我再起床，见它动了位置，被单自然不在身上。它流了那么多血，这几天又降温，可它却总是怕热似的，而摸上去，又并没发烧。

我几天都是断断续续地睡，睡里就有梦，每个梦都与咪咪有关。其中一次，我和妻儿沿故乡的堰塘往家里走，走到母亲的坟前，见咪咪跑过来，肚子瘪着，瘦得慌，我们叫它，它不应，直冲到下面一个烂泥塘里，翻泥巴抓鱼。这时候，我醒了，心里很难受。早上起来，左右不安，与阿华决定再找医生，但不想再去先前的那家医院了。走了很远的路，终于找到一家。我们没带咪咪，医生问了些情况，并根据我们提供的情况，说咪咪可能出现的病情，说得相当清楚。于是我们回家，把咪咪送过去。

在家时，它不愿进提包，去了别处，又不愿出提包了，头往外一伸，立即缩回去。医生说："没关系，就让它在里面吧。"过来提了提咪咪的脊背。脊皮虽松，提起来后，回收得却并不特别迟缓，证明脱水不严重；又轻摸咪咪的肚子，咪咪很敏感，证明它的肚子受了伤，很痛。他没让咪咪受苦，给它打了止血、止痛针，听说它对消炎药过敏，止痛针里特意加了抗过敏的药。回来后，咪咪流口水，但没流沫子，打电话去问，他说别管就是，语气很肯定。医生就该这样，要不然患者怎么信任你。

整个下午，咪咪都躺着，这里躺一会儿，那里躺一会儿，在沙发底下躺的时间最长。

夜里，接近凌晨3点，阿华起来看它，却怎么也找不到，我也起来，依然找不到，过一阵，听到一声响，发现它从儿子的屋子里出来，去客厅墙角拉了泡尿，拉得很顺畅，尽管尿液依然是红色的。过后，它竟然弯着身子，舔自己的屁股！猫是爱干净的，可前几天咪咪没法让自己干净，现在有这个能力了。我高兴得直唤阿华来看。阿华给它端来水，它竟然喝了；端来猫粮，它竟然吃了。

它活过来了！

还说不上彻底痊愈，就遭遇地震。

可它跟我们一样，在地震中也活过来了。

——而这一次，它却死了。

事故出得让人想不通。咪咪常常跳上那个电箱，好多回下大雨，它都是蹲在电箱上等我们，从没出过事。没想到一出事，就致它于死命。

我不敢去想咪咪被电击的那一瞬间。不敢去想，却偏要去想，想它从电箱摔到地上的情景，想它睁着的眼睛，张着的嘴，嘴里的焦黑和泥土，以及戳在牙齿上的那片落叶……

猫的寿命，一般在十二年左右，人言，猫活一年，相当于人活七年，十二年，也就相当于人的八十四岁了。咪咪来我们家五年多，给它做节育手术时（那时候来我们家只有几个月），医生说它有三四岁，其实根本没有，如前所述，它来我们家还长了个头。就算那时它已活过四年，加上五年，也才九年，还应该活个三年两载的才对。何况有的猫活过了二十年呢！听说冰心老人养的猫，就有活过二十年的。我们满怀信心地认为，咪咪绝对不止活这年头，因为它常常让我给它敲背。它跳到我腿上来，就必然让我给它敲背，舒筋活血，不敲，它就扬起头，望着我，不高兴地叫，那意思是："我都上来老半天了，你怎么还不敲啊！"敲几下停了，它又叫，意思是："怎么停下了？"我的指头在它脊背上叩击时，它眼睛眯着，全身颤抖，头有节律地从左摆到右，又从右摆到左。有回秦姨见我给它敲背，说："哼，他妈个流浪猫儿，还知道享福呢，要人理疗呢！"咪咪把舒服劲儿收起来，又做出别人说它耍赖时的样子：眼睛剜两下，耳朵弹两下。

有时候我跟咪咪开玩笑，说咪咪呀，你可千万要死在我们前面，要不然就没人养你了，就算有人养你，也没人跟你这么闹了。

现在想来，这话真不该说。

儿子在电箱上发现了它，现在它又死于电箱。

我知道，在这个星期天的凌晨或清早，世界上发生了许许多多的事情，这其中包括：我家的咪咪死了……

死后的咪咪比活着时重了许多。为什么会这样呢？我曾看一本书，说西方科学家通过长期实验，称出人和物灵魂的重量，都是21克，死后灵魂就跑了，因此死后比生前都轻21克。可咪咪却变得更重。我猜想咪咪的灵魂没有跑，它让自己的肉身变沉，把灵魂拽住，要跟我们见最后一面，听我们再叫它几声"乖乖""宝贝"。它是多么不愿意死呀。它死不瞑目。

儿子去我们埋咪咪的地方，至少待了半个钟头。我站在书房的窗口，能望见那方向，只可惜被刺柏树遮挡，望不见咪咪的墓地，也望不见儿子。

儿子回来后，进到自己房间，一言不发地闷着，拒不吃早饭。

我对他说："你从此就该知道，人就是这样慢慢失去的。"

说这话时，我生动地回忆起我母亲去世时的情景，那年我六岁。

过了一天，儿子说："不是说猫有九条命吗？……它会不会活过来，把土拱开回家？"

这句话竟成为我们共同的幻想。

当然，终究只是幻想。

又过两天，儿子说："它连梦也不托一个。"

阿华也这样说。阿华说这真让人伤感。咪咪活着时没来得及跟我们告别，灵魂应该回到家里，和我们说一声。但它没有。不过阿华比儿子释然，她说香港科幻小说家倪匡跟他的两个好朋友，都相信灵魂的不朽，他们相互约定：无论谁先死去，灵魂都要回来，把"那边"的事情讲道讲道。倪匡的两个好友先后走了，可谁的灵魂也没回到他的身边。为此，倪匡很恼火。其实他不该恼火，他的朋友一定是怕他难过，才不愿再来打扰他。朋友们进入了阔大的静默之中，温柔地注视着他的白天黑夜，为他祝福，希望他过得好——我们的咪咪也是这样。

阿华又说："咪咪实在是太聪明太可爱了，世间聪明的多，聪明而可爱的不多，想必天堂里也是，老天爷喜欢它，就把它接走了。与其为它伤心，不如为它祈祷。"

她的话让我想起法国诗人雅姆的伟大诗篇，《为同驴子一起上天堂而祈祷》，其中有这样的句子：

该走向你的时候，呵，我的天主
让这一天是节庆的乡村扬尘的日子吧。
我希望，像我在这尘世所做的，
选择一条路，如我所愿，上天堂，
那里大白天也布满星星。
……
天主啊，让我同这些驴子一起来你这里。
让天使们在和平中，引领我们
走向草木丛的小溪，那里颤动的樱桃
像欢笑的少女的肌肤一样光滑，
让我俯身在这灵魂的天国里

临着你的神圣的水流，就像这些驴子
在这永恒之爱的清澈里
照见自己那谦卑而温柔的穷苦。

然而我，是一个俗人，衷心迷恋着俗世的生活。我并不希望咪咪（包括我自己）进到天堂里去。我盼望着它某一天会突然出现在我的面前，它可能会变了一个样子，甚至变了一个物种，但我希望自己也有邻近单元那个异人同样的本领，同样的宽爱之心，能轻易跨越物种的界限，和咪咪欢喜相认。

咪咪死的当天，老白就不做主（不对劲）。它的年纪比咪咪大，平时一睡就一整天，这天它没睡多久，就醒来，眼神忧郁，在屋子里乱转，伴以悲哀孤独的叫声。给它吃的，它只闻闻，劝它，它才吃很少一点。它的饮食习惯跟咪咪不同，咪咪生养孩子那段时间，还吃一点肉，后来就不再吃肉，只吃猫粮，偶尔吃些五谷杂粮，比如玉米、土豆、南瓜之类；老白净吃肉，主要是猪肝。它体形大，食量也比咪咪大，大许多，咪咪少食多餐，老白一天吃三顿，最多四顿，但一顿的食量，就超过咪咪一整天。这天它却不怎么吃。后来它要求出门。没过一会儿，它就回来了，又是满屋乱窜，去床上、冰箱上、书堆上、纸箱里、衣柜里、床板底下……到处闻，到处看。它是在找咪咪。

那天晚上，我们下楼，看见老白静静地坐在刺柏树下，守着咪咪的坟。长时间守着，直到我们抱它回家。其实说不上坟，花园里种满吊兰，我们把咪咪埋在了兰草丛中，一块两尺见方的平地，平地上方，覆以类同松针的刺柏树落叶，平地周边，压了几块小小的石头，某块石头底下，压了一页阿华特意为咪咪抄写的《般若波罗蜜多心经》。

老白是怎么知道咪咪埋在这里的？

我挖的墓坑虽不深，却也不浅，要闻气味是闻不到的。

它完全是凭借某种神秘的启示，找到了这个地方。

咪咪死后第五天，老白失踪了。它这天下午5点过出门，再没有回来。当天晚上没回来，次日白天也没回来。这种事情在它身上从未发生过。我跟阿华出门去找，小区每个角落都找遍了，不见它的影子。到五幢的楼底花园，见一只很像老白的猫在游荡，唤一声（虽然知道老白是聋子），它应了，朝我们跑过来。我们高兴啊，蹲下去迎接它，跑到近前，首先就看它的眼睛。两只眼睛好好的，它不是老白。可它就跟老白一样，在我们腿上蹭，还把头朝我们掌心里擂。阿华迅速转身回去，给它弄来一大盘猫粮，再继续去找老白。

有熟人见了我们问："你们在找你们的猫吗？"

我们说它出来好久了，一直没回去。

熟人说："那么聪明的家伙，自己知道回去的，你们着急啥呀！"

他们说的是咪咪。

我们没做解释。我们不想让熟人知道我们的咪咪死了。

找到小区外面——虽然知道老白跟咪咪一样，跟了我们就不再出小区——还是不见它的影子。

阿华说："那狗东西，对咪咪的感情比对我们的还深，这家里没有咪咪了，它就觉得没有意思了。它愿意离开，只好由着它了。"

话虽如此，我们依然没有停止寻找它。它跟胖儿不同，胖儿身强力壮，而它，只有一只眼睛，更主要的，它是个聋子，听不到车声人语，流浪在外，危机四伏。

好在它到底不像咪咪，咪咪干干净净地死去，它还给我们留着希望。

借用沈从文《边城》里的句式说：或许它永远也不会回来了。或许它明天就回来。

我们永远等着它。整个白天，我们把门开着；夜里，冒着严寒，轮流起床，开若干次门。

记忆之书

一、我的故乡

  我出生在山里。老君山。位于川东北宣汉县北部，属大巴山余脉。再往北是万源，与陕南安康接壤，东、南毗邻重庆，重庆往东是湖南、湖北。史上著名的"湖广填川"，宣汉是必经之道，举家迁徙之众，分明再辛苦些日子，就能走到沃野千里的川西，至少能走到有"小成都"之称的邻县开江，但双脚起泡，两腿抽筋，对未来的没有把握，更让他们不敢盲然而持久地在路上奔波；毕竟，作为与土地打交道的农民，必须停下来，停下来才可能拥有一份产业，也才有一个家。于是以族群为单位，在群山之中驻足，"插占为业，指手为界"。

  对土地的强烈渴求，使他们排斥后来者。我们村叫罗家坡，除一户姓李，所有男丁都姓罗；罗家坡卧于半山，绝对高度800米，村东二里许，修有一座碉堡，至今残墙犹存，见山下来人，碉堡里放火铳，投飞石，将来人击退。碉堡之下十余丈,从山壁窝进一面大湾,叫泪潮湾。据传,是那些母亲、妻子、女儿们,来收儿子、丈夫或父亲的尸骨时,泪如潮水冲刷而成的。加之宣汉在周朝时属巴国领地,巴人是世界上罕见的只用战争书写自己历史的部族,最后虽被秦军灭于丰都,但那粒强悍的种子,千百年来留存于天地之间,铸就了我们那里强悍的民风——强悍而悲凉。

在我童年的记忆里,村里天天都在争斗。村子共三层院落,百余人口,清早,听到队长的木梆声,人们带着农具,走向台梯层叠的田间。往往刚落脚,架就吵起来了:有人照管孩子,照管猪牛,或者去野地捡狗屎肥自留地,耽误了时间,比别人晚到了半分钟,少挖了两锄地,要扣五厘工分,被扣的人就和记工员吵,和队长吵,由此牵扯出各自的亲友,架越吵越大,终于动武。这时候,时间成为最公正也最昏庸的判官,把整整一个白天吵过去,一点农活没干,工分簿上,男人还是十分,妇女还是八分,比别人晚到的,哪怕他最终比先到者多挖了半亩地,依然要扣掉五厘甚至更多。

除评工分时吵架打架,谁家自留地塝坎上的草被割走了,谁家柴山里的干树枝被扳走了,谁家畜棚外的半截牛绳被捡走了,谁家的母鸡把蛋生在屋外的草窝里被摸走了,都会发生类似事件。

我很小就干活。第一宗活是照顾弟妹。山里的父母把孩子生下来，满月后就没工夫照顾。当时的报纸、电台和学生作文，都时兴用一个成语：披星戴月。山里农民要披星戴月地去贫瘠的土地上抠粮食，还要为争取在外人看来微不足道、对他们自己却至关重要的权利，去跟人死掐，孩子只能用背带或裤子捆扎成人垛，扔到床上。对婴儿这样，某些家庭对五六岁的儿童也这样：怕他们滚到堰塘或茅坑里淹死了，还怕他们滚下山崖摔死了。山势陡峻，出门就上坡下坎，到处都可以摔死人。特别是砍了春柴过后，一块小石头也能一贯到底，直入河心。难怪山脚下的过路人偶尔抬头，总要又惊又疼地骂一声："嗨呀，上面一只背篼也放不稳，罗家坡那些龟儿子是咋活出来的呀！"

孩子见到背带就哭，就挣扎，但毫无意义。父母走了，所有人都走了，只留下黑屋子里的哭声。把嗓子哭嘶，哭哑，然后睡过去，过一阵醒来，看到亮瓦透出晕光，间或听到鸡鸣牛哞，但听不到人声。恐惧袭来，又哭，哭得汗水淋漓，还可能拉了屎尿，周身发痒，却没办法挠一挠，只好接着睡，接着哭。山里人都有一副好嗓子，外界以为是青山绿水蓝天白云养的，其实是小时候哭出来的。

兄弟姊妹多要好一些，大的可以带小的，比如我们家。我母亲很能生孩子。我有两个哥哥，两个姐姐，一个弟弟，一个妹妹。在大哥之前，还有个姐姐，幼年得病死了；弟弟是双胞胎，先出者离开母体半小时后断了气（母亲一次生俩，让父亲手忙脚乱，把前面那个晾在一旁，冻死了）。也就是说，我母亲生了九个，养活七个。我比弟弟大三岁多，比妹妹大六岁多，要说怎样照顾他们，根本谈不上，他们依旧要被捆在床上，我能做的，就是在他们醒来后，跑到床边逗他们玩。但我无法让他们闻到奶香，无法给他们切实的安全感，咯咯咯笑那么几声，随即把笑脸转为哭脸，笑声转为哭腔。孩子本就饿得快，哭又耗费体力，但晌午过了，正午过了，甚至到了下午，日头西沉，父母也没回来。

妹妹两个月大的时候，有天哭得特别凄惨，脸憋得发乌，小小的胸腔不停地颤动，却出不来声音。要过去很长时间才有哭声。我见她可怜，用背带把她和我绑在一起，去找母亲。这样做是危险的，母亲绝不允许在她出工时去找她；见了孩子，她不可能不停下活喂奶，如此就会扣工分，影响一家人的口粮。母亲身高超过一米七，是远近闻名的能干人，也是我们家的顶梁柱。父亲木讷，少主张，个子又小（比母亲矮了一头），不大让人放在眼里，家里的安排，外面的应酬，包括跟人吵架打架，主要都是母亲的事。对待孩子，父亲慈祥，母亲极其严苛，稍有差池，动手就打。她名叫符代珍，但山上山下，凡认识她的，都叫她符铁匠，是说她打孩子像铁匠打铁那样下狠手。

我知道母亲在碉堡那边干活。我们把碉堡叫寨,那方土地叫寨梁。我背着妹妹,朝寨梁上走。说起来只有二里地,可在我心里,它是多么遥远。山是空的,空得一丝风也没有。下午时分,天上游云如丝,太阳把田埂晒得像是烙铁,我的赤脚只敢弓起来,尽量用后跟着地,尽量往草垛上踩。草垛也烫得人抽气。好在妹妹已经不哭了。走到半途,桂大娘从山弯转过来;她那么老,背驼得几乎额头触地,还是天天出工,今天是家里有急事,提前回来了。她站在高处,说:"乖儿是不是捂住了啊?"

她放下锄头,把妹妹帮我解下来,见我的背上满是白沫。

要不是碰见桂大娘,我把妹妹背到寨梁,就是一个死孩子了。

母亲没有责备我,因妹妹最终死里逃生,她还欣慰地笑着夸奖我。

母亲笑起来是很好看的,脸上是一副非难的表情,眼里的笑却关不住。

是的,尽管所有人都把我母亲叫符铁匠,我也确实跟哥哥姐姐一样怕她,但她怎样打我,我却没有丝毫记忆。我只记得她朝我笑,带我去街上看汽车。她跟人吵架打架,哪怕吵赢了也打赢了,依然深感屈辱,别人如何骂她、打她,她常常私下说给我听。在相当长的时间内,我多愁善感,与母亲告诉我的那些事不无关系。我相信,如果骂可以消灭敌人,罗家坡绝对可以组建一支所向披靡的军队,对祖宗八代有鞭尸之效,对子子孙孙有绝种之功。母亲毫不隐讳地给我诉说,边说边叹气。

她是在叹息自己的命运。她娘家在河下游对岸,过河之后,两片巨石穿空而上,像两扇门,人只能从"门"缝挤过去;因这缘故,那带平缓的浅岗叫关门岩。我母亲在关门岩当姑娘时,跟她父母一起享有许多田产,过了十余年的好生活,可她嫁给了我父亲,我父亲虽从朝鲜战场归来,却上无片瓦。我们家的房子,是母亲嫁过来后才起的,她像个男人那样,起早贪黑地砍木材、平地基、窨石磉。

我有记忆的时候,大哥已经不读书了,二哥和两个姐姐还在上学,我常把他们的课本捧在手里,哇哇地念。母亲在家的话,会拉张凳子,坐到我身边,指着书上的字,她指一个,我念一个,每念一个,她都赞许地点头。哥哥姐姐从没教过我,我怎么就会认了?我骄傲得耳根发红。后来才知道,许多时候我都是把书倒拿着的,母亲也不识字。她家境好,却没上过一天学。她只认识自己的名字。那年月,村里老丢东西,斧头、锄头、弯刀、镰刀,凡需带出家门的农具,都可能丢失,家家户户便用铁钉,在农具上錾上自己的名字;像花篮之类的竹制农具,就在不经意处打上记号。

除照顾弟妹，我还要刮洋芋皮。家里那么多张吃饭的嘴，且无油水，个个饭量大。我弟弟四岁时，就能一顿喝下七碗稀饭，胀得肚子透亮，能看见肠子，但两泡尿一屙，肚子就空了。老君山主种稻谷，但山实在太陡，稻田被分割成碎块，如果一块田有一亩，就被称为大田；且产量奇低，一年忙到头，分不到几斤谷子。我们很难吃到米饭，主要食物是红苕和洋芋。其实也说不上谁是主食，家家无积粮，某个季节出产哪样，就盯住哪样连续吃，吃得人翻胃、发呕。只是比较而言，红苕和洋芋的产量要高些。刮洋芋皮看上去是个轻松活，但要刮满一桶，就不轻松了。手软得像是没有手，被称为"刮刮儿"的铁片，把手指割出密密麻麻的血口子，水一泡，痛得钻心。

但这点苦我是能够吃下去的，因为跟另一种苦比起来，它根本算不上苦。

这另一种苦，是寂寞。

村里跟我年龄相仿的，有七八个，但大都住在中院和西院（我们住东院），同院只有一个女孩子，比我大两天。别院的孩子要么被捆在床上，要么小小年纪就上坡干活，要么跟我一样，有弟妹要照顾；同院的这位女孩，我竟没有跟她一同玩耍的任何印象，她似乎也从没在院坝里出现过。

大人出工去了，我把洋芋提到院坝，开始劳动。手软了，就停下来，四处张望。南面和东西，都是木瓦房，每家的屋脊，都种着一钵自从放上去就无人经管的仙人掌；北面朝河，没起房子，长着一棵杏树，一棵橙子树。院坝下方，是村里的碾盆和磨盆，碾盆旁边，有棵巨大的檬子树，长年掉下寸长的圪针，锋利无比，干了水分有铁钉那么硬，扎在脚上，拔出来就是一个血洞。檬子树下方，是棵黄檩树，合围粗。我就看这些树，看树上的鸟，还有歇在矮枝上的鸡；院里虽然养了两只狗，但狗是不见影儿的，它们要遍山跑，找吃的，或者找配偶。干风从不明方向的地方吹来，把老去的树叶吹落一片，又吹落一片。偶有一两只松鼠，从树梢飞上房顶，又从房顶飞到树梢，轻盈得像长着翅膀。

太阳升起，阳光从东边的屋檐淌下，将院坝直直地、一毫米一毫米地切开。

我就是根据阳光在院坝里的位置来判断时间的。阳光游走起来咝咝咝响，如微微的喘息。院坝东明西暗，然后明暗对等，像张手帕，一半儿被水浸湿了，再然后，东暗西明，直至阳光越过西边的丛丛屋顶，跑到村子尽头的白岩寨。白岩寨是一面壁立的石头，有数十铺晒席那么大，表面平滑如镜，旗帜般迎风舒展；晚清四川提督、太子少保罗思举，就出生在白岩寨下的山洞里。

夕阳在白岩寨燃烧，慢慢地色泽变淡、变软，变成苍青色的灰烬。

天快黑了。

猪饿了，牛渴了，把圈撞得砰砰乱响，发出震彻山野的悲鸣。

出工的人还没有回来。

上学的倒是早就回来了，但他们把书包一放，立即进山劳作。

那时候，我最盼望的事情是下雨。不是下小雨，下小雨没用，要下瓢泼大雨，顷刻间，屋檐水就把院坝灌满，拳头大小的泡子，在水洼里生成又破灭，且能隐隐听见山洪的低吼——只有这样，人们才会丢下活路归屋。再大的雨，我也光着头站到院坝边的石磙上，看他们怎样吆吆喝喝地朝村落奔跑。

有天晌午，我专心地刮着洋芋皮，除"刮刮儿"弄出的声音，四周静如往古。洋芋的粉屑直往我身上扑，前胸已白了一片，脸上紧绷绷的，痒。我正龇牙咧嘴抠痒痒的时候，突然听到脚步响，惊喜地抬头，见侯三娘从屋后的小路回来了。只有她一个人。她背着花篮，扛着锄头，腮帮鼓包，两眼血肿，衣裤只剩几缕布条，完全遮不住羞。她沉默着从院坝走过，从我身边走过，从阳光里走到阴影里，之后进屋，"嗒"的一声将门闭了，就悄无声息。

很显然，她刚刚经历了一场战斗，她在那场战斗中输了，输得很惨。

她提前回来，是要静静地舔舐自己的伤口。

她的这副形象，给我留下了不灭的记忆，或者说，给我留下了不愈的伤疤。我不经意间看到了长辈妇人的身体，是那样不堪。皮肉松弛、发黑，连最隐秘处也刻着生活的艰辛。那时候她还不到四十岁。我虚着眼睛，望着虚幻的远处，心里很痛。那是我第一次感觉到心痛。其实，侯三娘是跟我母亲吵架最多的人，也是跟全村吵架最多的人，她的全部精神需求，就是去探听别人的秘密，没有秘密，她就为别人制造秘密，然后极其神秘地说给甲，又说给乙，每说给一个人，末了都要警告一声："我只告诉了你，你千万莫告诉别个啊！"终有一天，"秘密"的主人会知道的，就来找她对质。我们那里把闲话叫淡话，对质就叫"对淡话"。淡话是经不起对的，一对就吵，稍稍升级，就大打出手。

我不喜欢侯三娘，可是，在这个静谧而寂寞的晌午，她让我为她心痛。

二、母亲去世

进入秋天，我妹妹三个月大了。就在这时，母亲病了，不是伤风感冒这类病。山里人不把伤风感冒叫病，头痛腰痛肚子痛，都不叫病；是否叫病，以能否下床、能否出工为标准。这意思是说，我母亲病得很重，只能躺在床上。但她究竟得的什么病，却无从知晓。得病初期，父亲要请赤脚医生来给她弄药,她坚决不许。她的节俭跟她的能干和打孩子一样出名。那时候,到下半年仓里还挂着腊肉的,全村只有我们家。并不是我们家杀的猪很肥、很大,而是母亲根本就不拿出来吃。她只把肉用来招待客人。她生性好客,这是一方面;另一方面,她是个争豪气的人,绝不能让客人离去后,说某人家里竟然没有肉吃。这种名声和脸面是必要的,她有四个儿子,名声差了,脸面败了,将来就找不到媳妇。

母亲在床上一躺,就躺了四十多天。她几次想强撑起来,但下床就倒。父亲平生第一次不再听母亲的,找来一个医生。这人叫罗建银,是父亲的好友,我们叫他银爸。银爸虽是医生,却是个兽医,他看了母亲的脸色,摸了母亲的脉搏,对我父亲说:"看来不行了,往街上送吧。"

父亲着了急,母亲不行,就意味着这个家不行。他立即请几个年轻力壮的乡邻,砍竹子扎滑竿。其时,已是很稠的黄昏,竹子砍来,天就黑如锅底;城里人说黑夜,只是相对于白天的时间概念,真正的黑夜是见不到的,真正的黑夜,能用手摸到黑夜厚实的脊背。若干年后,妻子跟我一同回去,初次见到这样的黑夜,吓得哭,她半夜醒来,啥也看不见,就以为自己的眼睛瞎了。那天夜里,大哥把油灯点到院坝,破竹,捆扎。一风吹来,油灯熄了。这不是普通的风,院外的大树枝叶倾覆，怒涛般吼叫。紧跟着，疾雨如注。本来很闷热的天，几分钟内就冷得人打抖。

父亲生上火，让扎滑竿的人和前来探望病人的乡邻进屋烤火。

母亲在里屋叫父亲，说她要起来。连自己翻身都难的人，怎么能起来呢？父亲去扶她，却没费任何力气就把她扶到了火堂边。这是四十多天来她第一次走出那间阴暗潮湿的卧室。她是那样精神，嘻哈打笑地跟人摆龙门阵，还和平辈妇人开玩笑。她一点不像个病人。

但她的身体在变沉。我舅舅的女儿，还有我们院坝的李二娘，各伸一条腿到她背后，让她靠住。父亲独自站在门口，观察着。突然，他快步走过去，抱住母亲的头哭。母亲没有反应。母亲死了。

雨并没下多长时间，母亲断了那口气，雨就停了，风也停了。大哥背着母亲，将她放到堂屋里临时搭成的灵床上。从她去世的屋子到堂屋，要从院坝里过，死人见不得天日，因此有人在母亲头上举着一把大黑伞。大哥个子不高，母亲的脚把湿漉漉的地板刮得啪啦响。

一切乱套。火炮没有，香蜡纸钱没有，寿衣寿鞋没有，棺材没有，办丧事的粮食没有，猪肉没有……家里上上下下忙成一团，而死者是需要看守的：怕猫从她身上越过。听说猫越过死人，死人就会变成僵尸，直杠杠地站起来，横冲直撞。

只有我去守母亲。堂屋靠北，中间横着两间空屋，我单独地跟母亲面对。大哥为我生了堆火，但柴很快燃尽，只有明明灭灭的火星。横躺着的母亲成为巨大的阴影，放得很平整的脚朝向我。夜晚像开不动的船，在旋涡里徘徊。我死死地盯住母亲，注意一丝一毫的动静，眼里老是有猫的身影，它们身手敏捷，在母亲腰腹的位置，跳过来，又跳过去。到后半夜，大哥进来看过我一次，问我怕不怕，我说不怕。其实我是怕的。我怕猫让母亲变成僵尸，还怕像黑夜一样深的未来。

母亲的去世，我首先感觉到的不是悲伤，而是恐惧。

次日早上，弟弟蹦蹦跳跳地来到堂屋，拿筷子打母亲的脸，奶声奶气地说："妈，起来吃饭。"父亲见状，恸得蹲在地上。他后来对幺儿多有娇惯，与这个场景是分不开的。做道场的时候，弟弟也和我们一起，穿着孝衣，戴着孝帕，在阴阳先生的指令下，绕棺，磕头，父亲更是不忍目睹。

三天之后，母亲下葬。我舅舅帮了大忙，他把为自己准备的棺材借给了他的妹妹。

舅舅比母亲矮，棺材短，母亲进不去，褐色的木腔里发出骨头折叠的声音。

客人走了，帮忙的散了，家里清静了，现实的问题就出来了。最现实的问题就是我妹妹。她饿,要奶吃。没有奶吃就哭,白天哭,晚上也哭。父亲和哥哥姐姐,通夜通夜地轮流抱着她,哦哦地哄她,熬米汤喂她。可米是珍贵的,垆缸已经空了,一只老鼠都喂不活。只好去村里找奶。那些生产不久的妇人,营养不良,脸呈菜色,乳房干瘪,自己的娃娃也吊不住,但她们还是把皱巴巴的奶头塞到了我妹妹的嘴里。我看到妹妹带着泪痕,吃着别人的奶水,就像我自己在一点一点地变饱。我知道她吃上几口,就能管上一会儿,在这"一会儿"的时间里,她不会死,她又能活。

尽管我的故乡人通常自私而武劣,尽管母亲刚刚下葬,就有一家兄弟数人,举着斧子,来拆了我们家的房,说这里原属他家的地基,让我们在露天坝睡了许多个夜晚,淋了许多场秋雨,尽管还有人想把我们赶出罗家坡,但这些事,我从不往心里记——村里妇人撩衣喂我妹妹的情景,足以把我照亮。

妹妹长到半岁的时候,再养活她已经非常艰难,终于在大姨的主持下,把她抱养给了二郎滩一户马姓人家。二郎滩就是大姨家所在地,离关门岩不远,生存条件比罗家坡优越。那家人对我妹妹很好,妹妹后来长到跟母亲差不多高,且能干如母亲,性格开朗如母亲。

但在送她走的时候,却见不到她的未来。那天正午,弓腰驼背的大姨领人来背她走,父亲拒不见面,我们石头般沉默。她走了,下了杏树、檬子树、黄檩树,然后下了几层梯田,进入了岩坎之下的林子,我们望不见她了……她在家时,一哭就让全家惊慌失措,现在听不到她的哭声了……

我的主要工作,变成了割牛草。村里孩子割牛草,爱结伴而行,当父母的也希望这样,怕摔岩,怕蜂叮,怕蛇咬,怕狼吃(那时候山里有狼和狐狸,我们把它们统称毛狗),但我总是一个人。

母亲去世很久,我也觉得那不是真实的,从她坟边经过,看到那个越来越旧的土堆,我也觉得她会从里面出来,朝我笑,给我诉说她的辛酸,指书上的字让我认。我常常梦见她,她穿着去世前父亲披在她身上的花棉袄;每次梦见,她都把我吓哭。按山里的说法,死人吓活人,是因为活人把死人思念过度的缘故。我割牛草并不走得太远,就在后山的林子里。有天,东院比我大两天的那个女孩,跟他哥哥一起,被她母亲带着,朝寨梁上走,边走边说话,发出快乐的笑声,我才不得不承认:他们有母亲,而我没有母亲了。我深深地吸了口气。空气坚硬,卡在我的喉咙。

那些日子,天一个劲儿地蓝着,蓝天下野风蛇行,树叶颤动之声,从远处响到近处,又从近处响开。我躺在阳光斑驳的落叶上,听这声音,听大地深处的低鸣。每一丝天籁都与母亲有关。这差不多成了我的一种病，即使现在，我回到故乡，也必然会找个时间，独进山林，在人们看不见的地方，躺下来，听一听，下雪天也不例外。幼年丧母的伤痛，对我影响至巨。我把它写进了作品，但我自己并没注意，有次陈思和先生评论我的小说，指出我好几个小说的主人公，都是幼年丧母的，我才意识到。

完成了割草的任务，我往往还要在山里待很长时间，陷入不可救药的玄想。

我想的是自己将来要成个大人物，给阴郁的家带去希望。

榜样是有的，白岩寨下的罗思举就是（他死后也葬在那里，"文革"中被开坟抛尸）。罗思举的双亲以乞讨为生，他却统辖一方，威震西南。然而，想来想去，他并没给我任何榜样的力量。据老辈人说，罗思举出生时，漆黑的山洞陡然亮堂起来，如朗月当空，他父亲说："这娃娃将来要做老爷！"疲惫的母亲浅笑着回答："做啥老爷哟，莫当讨口子就好了！"罗思举领受了父母对他的封赐，先做讨口子，中年后修成正果。但他不是普通的讨口子，乞讨之外，又偷又抢，被抓住后，五花大绑扔到毒日头下去晒油，把他扔到哪里，一朵阴云就罩向哪里，凉风就吹向哪里。传说，他还能变马、变猫、变成一棵树。而这样的异禀，我完全没有。翻过白岩寨，下游不足十公里处，是川东游击军领袖、红三十三军军长王维舟的故居，我想以王维舟为榜样，可他同样有许多飞檐走壁、上天入地的传说。

不管是罗思举还是王维舟，都没给我希望，只让我绝望。

于是我望着山下的河：清溪河。从800米高处望下去，清溪河细瘦一握，曲曲弯弯，凝然不动。但我知道它在涌流。母亲带我去街上看汽车时，要沿河边沙地朝上游走十里路。"河水向东流"已成习语，但我们那里的河是向西流的；清溪河如其名，洪水到来前，宽仅五六丈，水清得能看见水的影子，拍岸之声却强劲有力，它固执地在山弯里找出路，永不回头。难道山外还有一个世界？

我们家养的那头牛，体形硕大，浑身雪白，人呼白儿。柳宗元说，耕种时有牛的身影，收获时也有牛的身影，可谓"物无逾者"，而白儿，又是我见过的最好的牛。

它饿得肚子打晃，渴得鼻子喷火，也不悲鸣，更不撞圈，它好像知道主人家遭遇了变故，现在负责经管它的，只是一个孩子。耕田耙地，白儿步子不快（我醒事时，它已经老了），却从不迟疑。耕田回来，气没喘匀，往往又被人拉去碾米磨面；它太温驯，我们家的牛棚离碾盘磨盘又那么近，铸就了它一生的苦命。它拖着沉重的石碾，嘴角流出的涎子，一路滴滴答答，米碾出来，碾道就淋湿了。

即使大雪封山，我也出去为白儿寻青草。在别人根本看不到有草的地方，我也能割满一大花篮，这是我了不起的本事。我现在回乡，依然敢跟那些小家伙比试割牛草；我和妻子在成都街头散步，走到小区外的磨底河，看到河岸蔓生的野草，我会手一指："这种草牛最肯吃！"说这话的时候，我心里想的就是白儿。当年，白儿以它沉默的方式，填补着我内心的空缺。它见我背着草走进巷子，会立即站起来，我把草丢进木槽，它再饿也不马上就吃，而是用头蹭我的手。

吃完草，我拉它到堰塘喝水。去堰塘要从母亲坟旁经过。当它把肚子喝得硬如绷鼓，天就黑了。我领它回到母亲坟旁，停下来，我坐着，它站着。因土崖遮挡，村子在视线之外。晴朗的夜晚，山野盛大而肃穆，星星多得天都装不下，流星倏然划过，礼花一样绚烂和寂灭；有些星星悠闲自在地在星群间游逛，一点不害怕撞了额头，也不害怕被礼花烧着，或许它是天上的蜜蜂，只不过采的是流星之蜜。这时候我不孤单，母亲和白儿陪着我，还有头顶的星星。白儿也会望天吗？我不知道，我想它会。

很长时间过去，我才起身，拍一拍它，说："白儿，我们回家。"逼仄的田埂上，响起白儿和我的脚步声。我的脚步声并不比白儿的轻多少。我的心里装着母亲。我把母亲装在心里带回家了。

没过两年，白儿就老垮了，也可能是累垮的。它瘫在圈里，四条腿直直地架住，再也起不来。牛到这种程度，命运已经注定。牛棚太小，牛粪太稀，不好就地杀它，是在队长的指挥下，十多个男人举着木杠，喊着号子，像操块石头那样，把它操到黄檩树下去杀的，杀了分肉。那时的牛都属公家，只是分配给不同的人饲养。那天，我发了疯似的哭叫，已伤痕累累的白儿也流了眼泪。

但它没有哀鸣。牛见了屠刀，都会拼尽全力哀鸣一声。白儿到死也是那样沉默。

法国诗人雅姆曾向天主祈祷，希望将来他能把他的驴子带进天堂，如果我也可以这样祈祷，那么，让我的白儿也进天堂去吧。虽然，白儿并不归我所有，但世间之物，谁真心爱它，它才归谁所有。

有段时间，外婆帮助我割牛草。外婆来吊了她二女的丧，就没回去。

反正家里只她一个人，我外公1950年就死了。

外婆是一个青色的老太婆，青色的衣裤，青色的鞋子，满头白发也用青色的发网罩住。她有一个儿子、三个女儿，儿子跟她住隔壁，三个女儿的归宿，算我母亲最差。如前所述，大姨出嫁的二郎滩，条件比罗家坡好；幺姨出嫁的庹家坝，条件更好，从一个"坝"字就能看出来。这且不说，大姨父是木匠，能在公分的口粮之外找到额外的饭吃；幺姨父年轻时做纤夫，后来进了区合作社，成了吃国家粮的人。因这缘故，外婆最疼爱她的二女。然而，她最疼爱的人，只活了四十多岁就死了。

外婆割牛草不进山，都是在田边地角，割一路湿一路。是她的泪水。

我母亲死后一个月左右，外婆的眼睛就半瞎了。在这之前，她是可以穿针的。

眼睛成了这个样子，外婆要求回去。父亲为什么放她走，内情我并不十分清楚，我只是觉得不应该让她回去。她回去的日子很难过。舅舅问她："你去罗家坡时眼睛好好的，整成瞎子就回来了？"舅舅又对她说："你不是为你二女吗，现在咋不去为她呢？"对刚刚送走黑发人的外婆，这些话是可以砸碎骨头的。但她一声不吭。到老年，外婆就怕舅舅；她只有一个儿子，她怕儿子不养她。

没过多久，外婆全瞎了。她不放心我们，想上山来看我们，但她再也走不来了。我们就去看她。大人走不开，经常去的是我和二姐。从陡坡下到河底，即刻被怒生的芭茅吞没，绵延十里，芭茅林才把姐弟俩吐出来。我们要从那里过河。那个春夏秋冬都戴着布帽的艄公，早就认识我们，还能听出我们的声音。只要朝断岸之上的小屋喊两声："过河！过河！"他人没出来，应答出来了："来了，来了，又去看外婆呀？"有时候，两分钱的摆渡钱他也不收。二姐对他说声劳慰，拉着我的手跳上对岸。

直到这时候，我们都是愉快的。过了那道石门，往浅岗上爬，心情才变得沉重起来。

我们也怕舅舅。每次去，都要被舅舅骂。他说母亲用了他的棺材。其实父亲已想办法还给他了。他还说："我去你们家，你们看不起老子，一满盘不上桌！"——舅舅的女儿也嫁到了罗家坡，住在西院，母亲在时，他来看女儿，都到我们家。母亲去世后，他有时来，多数时候不来，但只要听说，我们都会去请他来家吃饭，吃饭时只让父亲陪，小孩不准上桌，是母亲的教育，舅舅是知道的。他为什么这样说话呢？我们是多么希望上餐桌，跟客人一道吃些油荤稍重的好菜！

走进拥挤着猪屎牛粪味的巷道，我跟二姐就如昼行的老鼠，听到上方院坝有人声，就躲在茅厕旮旯不敢动，等人声不再，才蹑手蹑脚蹬上七八级石梯。外婆常常不在家，双扇门锁着。一把形状古怪的大铁锁。但我们知道她在哪里，就去找她。她在外公的坟边干活，那里是她的自留地。她啥也看不见了，但她不仅下地，还去村外提水，并且奇迹般地没有摔倒过。我怀疑，外婆一直是凭气味生活的。她守寡数十年，村子的兴衰荣辱，她与别人一样经历，但她跟别人有着不一样的夜晚。在漫长的黑夜里，她灵灵醒醒地嗅着村子，每个角落里的气味，就长在她的身体上，成了她的眼睛。

见到我们，确切地说是听到我们、闻到我们，外婆立即回屋，煮饭给我们吃。

她的碗柜里始终有几个碗天天洗，是天天等着我们来。取碗的声音细微，柔和，温暖……直到今天，我取碗时听到那声音，就会想起我的外婆，就会把眼睛闭好一会儿，有时还忍不住呻唤几声。

天再热，外婆煮饭也把门关上；饭熟了，把锅儿罐子提到卧室后的虚楼上吃——是怕舅舅看见。可她跟舅舅只一壁之隔，舅舅纵然看不见，也听得见，一旦知道我们来了，他就开骂。他为啥这么恨我们呢，仅仅因为外婆对母亲好些？好像不是。当年，因为外公外婆有许多田产，害得他这个当儿子的也成了成分高的人，挨了斗，吃了苦，心里憋屈，要找地方发泄。我们成了最佳发泄渠道。母亲在世那阵，他不敢这样，别看母亲境遇最差，在她兄妹间却享有最高威严，现在母亲死了，就另当别论了。

要是舅舅觉得隔着板壁骂不过瘾，就来撞外婆的门。

有次正要吃饭，他把门撞开了，吓得老的小的直哆嗦。他知道祖孙三人是由母亲联系起来的，就对母亲破口大骂。我和二姐哭了，外婆也哭了，外婆对我们说："娃娃吔，你们回去，再也不要来了。"

我跟二姐一直哭拢家门。我们只知道自己伤心，没去想过外婆。

罐子里精贵的白米饭，她是煮给外孙的，外孙没吃一口就哭着回去了……

从那以后,我就多年没去。上初中二年级那年暑假,才跟两个哥哥一同去了。

外婆已不能行动,像床烂棉絮弓在床上。大哥摸出熟鸡蛋,在床沿磕破,剥给她吃,只剥了一半,外婆就一手抓过去,往嘴里塞。她一口气吃了五个。在她床头,放着一只空碗,碗壁的饭渣干得起壳,有苍蝇在飞。吃饱了,她就不停地说,说母亲小时候的事,我们小时候的事。一天又一天,一月又一月,年年月月,她咀嚼的就是这些事。而我们,却越来越稀少地去看她。

外婆又活了两年多。正是在这个意义上,我知道自己没有任何资格指责舅舅。外婆瘫了,他还让她活了那么长时间。不管是以怎样的方式在活,毕竟活着。

舅舅晚年很不幸,上六十岁后,就疯疯癫癫的了。他爬到罗家坡下面的石岩上,喊他女儿,喊应了,他说:"谷子该割就割哟。"说了这句,立马回转。快割谷子的季节,太阳毒辣,他过一道河,走二十里路,就为说这么一句话,像他做了几十年庄稼人的女儿不知农时。表姐去追他,可他早已下山。后来疯得更厉害,不知从哪里搜罗一大群癞疤癞壳缺耳少腿的狗,不再归家,赶着狗沿河流浪。狗咬了人,他就被打。他脸上随时有伤。他去世的时候,我在外地读书,没能去参加他的葬礼。愿他安息。

三、饥荒年月

中国人对饥荒年月的集体记忆，是20世纪50年代末60年代初，但我说的不是那时候，而是母亲去世的次年，即1975年。那一年，中国南方——尤其是四川——普遇旱灾，老君山96天滴雨不下。干旱是从一声炸雷开始的，秧苗刚插下去，炸雷就劈空而来。田里正需关水，炸雷来得正是时候。谁也想不到它不是带来雨水，而是一声警告。雷声过后，天清气朗。这无所谓，田里有些积水，秧苗在茁壮成长，蜻蜓群起群飞，在水皮产卵，早起上坡，露珠把裤腿和鞋子打得透湿。但太阳天天出来，农家炊烟未起，红得发紫的圆球，就挂在对河杨侯山的松枝上。无人能说清从哪个早晨开始没有了露珠，又是哪天的朝阳从升起那一刻就发白发烫，直到田里只剩巴掌大小的水花子，麻老鹰能非常方便地钻进去叼走死鱼，农人才怪罪一声："嚯，背时老天爷咋还不下雨呀！"

说这话的时候，他们心想过两天就会下的。出太阳是老天爷的职责，下雨也是老天爷的职责。

天上又不是没有乌云。

然而，乌云都是在夜里生成，一觉睡醒，乌云不见了，天空光光堂堂的像是磨过。

秧田彻底干涸，牛粪、土地和水生物化合出的腥气，在火苗似的阳光里浮荡。当秧田裂开口子，农民着了急,去堰塘舀水灌田。堰塘仅半亩大、两米深,能灌多少田?附近几个小田喝了两天水,就没了;田里的水没了,堰塘里的水也没了。多少年来,妇人都去堰塘洗衣,小孩都去堰塘游泳,耕牛都去堰塘饮水,可而今的堰塘被挖了眼珠,成一个空洞,一个死坑。尺厚的泡泥只坚持了半天,就干硬如铁,几斤重的蚌壳和团鱼,无助地被阳光暴晒。村里展开了一场大战:抢那些蚌壳和团鱼。塘里盛水的时候,大家知道它是公家的,现在水干了,队长也没说明要把里面的东西拿来分,于是抢。

事实上,塘水还剩半米深时,就开始抢鱼了,草棒和鲤鱼,大的草棒有两尺长,鲤鱼的尾巴红如花朵。抢到了的高高兴兴回家煮着吃,没抢到的就骂,骂得喉咙出血,甚至拿了红布,去寨梁那边的鞍子寺,把红布搭在如来佛的头上,恭恭敬敬跪在菩萨面前,诅咒那些吃了鱼的人全都烂屁眼。

但这是村子仅存的活力了。无工可出,所有人都窝在村里,碰面说话,无不和雨有关。数百公里外下了雨,也能闻到雨气,也被他们传说。可在罗家坡,夜里的乌云也懒得照面,老天爷铁了心,要割断人们最后一丝念想。老君山多松柏和青冈,都是耐旱的,但六七月份,却遍山黄叶。田里的裂口,能不吐骨头地吞掉一个人。秧苗始终是秧苗,本该是谷物黄熟时节,秧苗还只有两三拃深,枯槁纤瘦,沾火即燃。孩子们把牛赶进田里,让它们吃。那时候白儿还在，我也把白儿赶进田里。但牛吃草的兴趣也没有，淡心无肠地用舌头撩进几口，就停下来，忧郁地望着烈日，望着村子之外。

最先逼过来的是缺水喝。村里只有一口井，在西院外，井不大，但山泉丰沛，井水漫溢。现在可不行，泉如眼泪，把人等老，也舀不满一桶。井旁排了很长的队，白天排了晚上排，二十四个钟头没断过人。中院和东院挑水回家，要经过一丛坟林，坟林上挤密的慈竹，差不多成为整个村落唯一的绿色。有天后半夜，中院一个三十来岁的汉子，挑大半担水，小心翼翼走在笋箨路上，坟林里突然响声大作，伴随着呜里哇啦的怪叫。汉子扔下水桶，朝屋飞奔，边飞奔边呼喊："打鬼哟——打鬼哟——"绝望的喊声把全村人都吵醒了。我和弟弟跟父亲睡一床，钻到父亲的腋下，抖缩成一团。

自此，东院和中院就没人敢在夜里去挑水。

不过，十来天后，敢去也无水可挑。大山的眼泪干了，泉水断了。

所有人都奔向三里外的大河沟。大河沟在白岩寨东侧，由山顶的雪水冲刷而成，寨下积一小潭，暑天也凛冽刺骨。往年的夏季，常有彩虹横天而来，弯下花花绿绿的粗壮脖子在大河沟喝水，听说彩虹喝水能把人和牛都吸进去，因此我们对那里心存畏惧。今年堰塘里没水了，再害怕也得往大河沟去，我就天天领着白儿去。但很快，就不准牛去了，因为人要去挑水喝，牲畜只能喝人用过的溲水。

大河沟维持了不足半月，就干得一只螃蟹也养不住了，抬头一望，悬垂的大沟乱石累累。

只剩一条河了。整架老君山人都往清溪河扑。力气好的，挑满满一担水上山，摘片树叶放在桶面，水就不会荡出来。可力气再好，那么高的山，中途总得歇口气，偏偏就没一个地方能把桶放平。有人想出了一个办法：用尿素口袋去背。罗家坡倾巢出动，下河背水，只有遇鬼的那家，才是女人独来独往，儿女太小，背不动，男人被吓得灵魂出窍，躺在床上，好似等他的魂回来。多年以后，西院一个家伙才笑嘻嘻地对他说，那回闹鬼，是他搞的。他不想中院和东院人去挑水，就选个月夜躲进坟林去吓，也没想专门吓谁，碰到谁吓谁，用刀背敲打竹身，发出怪叫；为做得逼真，他还披了件烂蓑衣，用锅灰涂了脸。幸好那人没转过头看，否则，很可能当场就被吓死了。

挑水没闹出人命，背水却闹出了人命。比罗家坡高400米的白花寨，有个孤老太婆，早上下山，天黑才背回一袋，将花篮放在凳上，没放稳，倒了，袋子炸开，水漫流一地。她在湿地上坐了一会儿，站起身，进里屋穿上她所有的衣服，把最好的穿在外面，走到街檐下，冲向梁柱，一头撞死。

前面说过，那年月家家无积粮，人们的胃是随季节走的，但这一年，季节成为毫无内容、毫无意义的空壳，该出小麦时不见小麦，该出稻谷时不见稻谷，说无积粮还不够，是无隔宿之粮。但总得吃点儿啥，人不吃饭就要饿死。喝水可以找清溪河，吃饭还得指望大山。

到处是挖野粮的人群。野粮无非是灰灰菜、马兰头、菊花脑，加上一些植物的根块，经不住挖的。然后开始剥树皮，不管是苦是辣，都剥。好些树就被剥死了。

人们经历的一切苦难，土地首先经历。我的故乡很贫瘠，但又并不贫瘠，梭罗说，养不活鹧鸪和野兔的田野是贫瘠的田野，我的故乡不仅养活了我们，还养活了野兔、毛狗和锦鸡。锦鸡是我幼年最华丽的回忆，那些彩身修尾的灵物，总是跟太阳一同起床，周身托着光芒，欢鸣着在林莽间穿梭。环境那么恶劣，日子那么艰难，它们依然活跃——是生活彻底好转之后，它们才逐渐消失的。

到而今，老君山不仅很少看到锦鸡和毛狗，连蛇也少见了。前年我回乡，先没回老家，直接住进了清溪河下游一个小镇，发现镇子背后开着好几家野味馆，卖蛇肉、麂子肉、锦鸡肉，还卖娃娃鱼，县里的有钱人周末乘快艇去吃，镇政府来了上级，也带去吃。尽管我乃一介小民，若见此不言，与食客同罪。我去县里找领导，说都开会去了，回成都后，我给县委书记写了封长信，书记回了,满口的公文腔。去年我回乡,听说当地人现今给领导送礼,都时兴送那几样野味的腌制品;再去小镇,见那几家馆子比先前更加红火,且正碰上背了猎物来卖的猎人。我的眼睛自始至终没敢去面对那些猎物,也不敢去想象它们临死前侧耳听风的美丽和惊恐。我内心的耻辱比天高,比海深。

土地和饥饿,构成我作品的重要主题。我有一部长篇就叫《饥饿百年》。陈建功先生在评价这部小说时说:"用极致化的叙事手段,对苦难进行审美表达……这些苦难更多来自于人性的溃败和欲望的滋生……"我常常为自己生而为人感到庆幸,因为只有人才会回望内心。人也必须回望内心。尊严是靠自己塑造的,如果我们的灵魂不能在苦难丛集,又让生生不息的大地上变得丰饶,不能与世间万物荣辱与共,就始终处于饥饿的状态。身体的饥饿能够感知,对精神的匮乏,往往缺乏基本的敏感和警觉,我们的精神分明面黄肌瘦,却可能认为比谁都吃得饱,也吃得好。单纯的经济时代,不能称为时代,更不能称为繁荣;真正的繁荣,是经济、情感和思想的共同繁荣。

——那年,我大姐二姐辍了学。大姐的成绩很好的,二姐的成绩倒是不好,好与不好都得辍学。与生存相比,读书实在算不了啥。我已经发蒙,我们那里把发蒙叫"穿牛鼻眼":像牛穿上鼻绳那样被管束起来了。学校就在鞍子寺,这座古老的寺庙,20世纪50年代变成了学校,除后墙洞穴中安了如来佛,操场左右两侧各有一名无头战将,别的菩萨都被请走了。上学和下学的路上,我老是吐,饿的,吐的是酸水;如果某天运气好,父亲和哥哥姐姐找回的野粮足够多,我也吐,胀的,吐的是粮食。

这时候,最幸福的事莫过于有亲戚相助。比我大两天的那个女孩一家,就常常享受这样的幸福,每过一段时间,就有个满脸胡子的男人给他们送洋芋来。女孩的母亲说,这是她小时候抱养出去的弟弟,住在黄金公社。黄金公社位于我们所在的普光公社上游,相距40公里。若干年后,他们才道出实情:那人与女孩一家原本素不相识,"文革"初年挨整,某天深夜跑到这山上躲命,女孩的父亲起夜,碰见了他,他讲了自己的处境,女孩的父亲就把他收留了,白天黑夜将他关在红苕坑里,一关就是几个月,直到整他的人又被人整了,他才回去。这件事,当初罗家坡无一人知晓。

我们家偶尔也有这样的幸福。主要来自我二爹。二爹住在罗文公社,离我们有百多里路,差不多出了县境;而且他不姓罗,姓王。这是因为,父亲四岁就死了爹娘,二爹那时刚满两岁,房子又被人占了,兄弟俩成了野人。"回去"这个词是我们常用的,但到了无家可回的时候,才知道这个词有多重。两人食野果,饮山泉,然后四方流浪,并因此走散。父亲给这家当几天儿子,又给那家当几天儿子(其实是打短工),每到一家,就改一次姓——难怪有人跟我父母吵架，要我们滚出罗家，说我们本来姓王。1955年，父亲被派往罗文修公路，休息时跟人说起他的身世，一个当地农民赶场回来，坐在旁边歇气，听父亲说了一阵，扑过来就叫哥哥。没有谁会怀疑他认错了人，两兄弟长得太像了。天旱这年，实在没办法可想的时候，父亲就上一趟罗文，每次都背回好几个南瓜。

其次来自我二嫂。当然那时候还不是我二嫂。母亲在时，就给二哥定了亲，典型的娃娃亲。二嫂住在老君山顶的曹家堰，人很响快，很亲热，她有时下来，给我们带些"猪根子"——一种植物的根块，直接煮来吃很苦，磨成粉熬糊糊，就分外细腻，好吃极了。

在困难的日子里，父亲表现出的韧性将教养我一生。幼年丧母，中年丧妻，都是人生的大不幸，而我父亲幼年不仅丧母，还丧父。他名叫罗建吉，我母亲去世后，山里的好心人摆着脑壳："那家里是一包针，建吉咋带得大哟！"可他最终把我们带大了。父亲的确没别的本事，但他善良、尽本分。在朝鲜战场，有天遭遇空袭，人进了战壕，几十匹马却拴在外面，拴马的松树炸成粉，父亲冒死冲出，将马一匹一匹地拉进战壕里去，为此他立了二等功。他没想到会立功，只是觉得那些马"叫得可怜"。对来自各方的欺辱，父亲隐忍不发，就像对待灾荒，他不骂天，不骂地，也没骂过人，他唯一做的事情，就是默默地承受。去山里找粮，饿得腿脚打晃，曾三次摔下高崖，断了好几根肋骨，却说自己不饿，把食物让给儿女们吃。夜里，我们按着肚子，在床上滚来滚去叫饿，父亲一声不吭，儿女实在扛不住，他就默默起身，去泡菜坛里摸出一块用于养盐水的老酸萝卜（没有新的菜蔬放进去了），给我们一人撕一绺。我们睡过去了，而他是怎样在忍饥挨饿，辗转反侧，我们是不知道的。

父亲写得一手好字，至今能背诵《孟子》里的许多篇章。他给某家财东当儿子时，财东送他进过私塾；遗憾的是，这家财东后来被泥石流埋了，不然他会读更多的书。读书并没给他带来什么，但他懂得了书的力量，就特别重视孩子读书。在罗家坡，找不出第二个像他那样重视读书的人。

别的人家，即使勉强送子弟上几年学，也只送儿子，不送女儿。有首古老的民谣："妹不知，爹娘不送妹读书，爹娘不送妹读课，无有文章无有名。"山里女子历来就这个命。然而，我大姐成绩好却无法继续学业，让父亲很伤感。我二哥成绩更好，全区有名，特别是语文，大家都在认认真真编造虚假的好人好事时（城里孩子扶老太婆过马路，农村孩子帮老太婆背猪草），他却关注着别样的事物，能写出"大地在沉睡，昆虫在长鸣"这样的句子，那时候他还是个小学生。二哥初中毕业后，进不了高中（当年是推荐升学），就回家务农了。后来，准许中考和高考,父亲又让二哥去上学,二哥不去,说老都老了,还上啥学!父亲和大哥推着他去。二哥上了半年多,乡里招考教师,他去应考,被头名录取。这对我们家而言,是件大好事,但父亲并不乐意,还是希望他去考学。

我读小学三年级时,中院一位老哥来对我父亲说,他去白花寨买牛,看到一个女孩在路边割草,女孩长得很体面,草也割得很利索,是不是说来给伟章做小妹儿(未婚妻)?父亲摇头。那老哥来提说多回,父亲都摇头,说我伟章要读书。外人可能觉得父亲做得理所当然,可只要对罗家坡稍有了解,就不会那样想了。罗家坡盛产光棍。罗家坡的媳妇,大多来自老君山更高处,上面的出产比罗家坡好,只因一年有半年积雪,才愿意下嫁;要是男方家境差了,人家就宁愿一辈子在雪堆里打滚。我们家不是差,是破败,能早早地定下一个"小妹儿",是非常必要的;尽管定下了也可能毁约(老君山说毁婚约就一个字:灰),但有和没有,心境不同,家里的气象也不一样。

我大哥没能及时定婚,就差点成了光棍,接近三十岁才找到大嫂。大嫂比大哥小八岁,住在白花寨附近的陈家湾,人好,勤劳,顾大局。这样的运气不是每个人都有的,接近三十岁,基本上就是铁定的光棍了。大哥有这样的运气,与他自己的努力分不开。母亲去世后,他成为父亲最重要的帮手,父亲不擅交往,出头露面的事就由大哥去做，他周旋在复杂的人事之间，不仅当上了队里的记工员，还当上了大队的民兵连长，经常组织民兵和重庆来的知青在大队的两所学校举行篮球比赛；比赛那天，老远的人都跑去观看，成为大山里的节日。我读中学那阵，每过些日子，大哥就半夜三更起床，给我送钱送粮。我二哥和姐弟结婚，也主要由他操办。兄弟姊妹之间，作为老大，他付出最多。

那年年底和次年春粮出来之前，政府发放救济粮，从东北调运玉米。衷心感谢东北人民。

罗家坡痛定思痛，男女老少总动员，日战加夜战，在大河沟上方挖了个盛水10万立方米的水库，石堰自上而下，自西向东，延伸到鞍子寺。寨梁上那座沉淀着历史烟云的古碉堡，此前完好无损，修渠时将其拆毁，碎成片石，而今只剩残墙了。

尽管如此，饥饿依然延续。我饿晕死的经历，有好几次。有次我去街上卖谷糠，卖了谷糠买盐，买火柴，回程途中，下午三四点钟爬到泪潮湾上面的密林里，又饿晕了。天快黑时，成员大公赶场回来，发现了倒在路上的我，把他买的一整瓶醋给我灌下去，我才醒过来。我的中学时代，绝大部分时间是在饥饿中度过的，我穿着破衣破鞋，大姐二姐千针万线给我扎的新鞋，勾的线衣，我几角钱就卖给人家，为的是填肚子。大哥来学校看我，总让我酸楚，我没钱给他买顿饭吃，尽管他说自己不饿；同时我也不希望亲人看到我的窘迫相。有次父亲带着弟弟来看我，我借来饭票，给他们一人买了三两，没钱买菜，就吃净饭，弟弟两三口就刨下了肚，说饿，还要吃，父亲把自己碗里的刨给他，他吃得比刨得快，结果弄得父亲几乎连米粒也没沾到。

  直到我读高三下期，才把饭吃饱。第一次吃饱饭的那天我印象深刻，美丽的晚霞漫天铺开，我端着碗去食堂，打了三两饭，吃了，感觉比没吃还饿，又打了六两，吃了，肚子还是瘪瘪的，心里隐隐着慌，见旁边窗口卖挂面，又打了三两挂面吃下去，这一下饱了！离上晚自习还有四十多分钟，我独自走出校门，去到河边，坐在遍地的车轴草上。学校在身后，县城在身后，面前的河水，波光潋滟，细浪追逐。我禁不住痛哭流涕。感谢老天，我终于知道肚子吃饱是啥滋味了！

从福州到厦门

很久没开过这样的会了：没有领导讲话，没有主席台，介绍嘉宾不说职务。主持人交代了会议缘起，专家就围绕议题，各陈己见。其间有反驳，有补充，有随性而起的笑声。唯独没有套话和违心话。主办方是福建师大文学院、厦门大学中国语言文学系。发起者陈培浩，与会人员主要来自各高校，四十多人，都是很有建树的学者，像我这种学术之外的，唯二三子。

会议分为三场。

第一场在于山宾馆举行。

福建多山，福州也是，山在城外，也在城里，于山便是城里的山，在于山宾馆背后。据说，战国时期，这里生活着一个民族，叫于越族，于山之命名，是对一个民族的记忆。报到当天，晚饭后，相约登山，我要完成一篇急稿，没去；次日，天未亮开，我就独自去了。宾馆左侧，有一小巷，寻道而入，见山门锁着，知此路不通，换个方向——去右侧，竟是条大道。打起精神，准备累一身热汗，可才刚刚起程，就到顶了。原来，于山最高海拔不足六十米。这叫什么山，简直让人生气。想想我故乡的山，望上去，望上去，望见白云生处，还只是半山。又想起念大学时，第一次到成都，住在朋友家，也是清早，朋友说，我们去爬山，结果只是臂弯长的一面斜坡。当时我就很生气。生气是因为惊讶和不适。同一个词，植入给人的影像和意义，是这般天悬地隔。词语和自我的关系，和世界的关系，由此变得丰富和宽阔。

会场设在于山宾馆于山堂。我住二楼，电梯下到一楼，向左走，再向左走，一直向左走，以为不可能再走了，越走越不像了，但依然要向左走。走得几近无望，才到了。外观上，根本看不出这宾馆如此深广。

议题：批评的新变和当代性。

"新"和"变"，都直指未来。所谓未来已来，未来已不再构成远景，而是逼到眼前，形成压迫。时代更迭，由千百年变成了十几年甚至几年，更有甚者，就在瞬息之间。先前，有相对稳定的时间去建立人类伦理，现在没有那样的时间给我们。是科技改变了世界，而作为人文科学，仿佛在科技塑造的世界面前束手无策。这首先是思想方法问题。我们的思考方式是防御性的，是线性结构，昨天过了是今天，今天过了是明天，或者说，现实之前是历史，现实之后是未来。历史不怒自威，是延伸出来的现在和未来，却又以不言自明的权威面目，吞噬着现在和未来。我们思考历史，同样是线性的，唐之后有宋，宋之后有元……这是被时间支配的思维，可不可以解除时间束缚，从时间的链条中脱落下来，让历史并置，让每个朝代共时性地与我们发生联系，由此抛弃时间负担，并腾出时间去感受时间，从中获得轻盈而强大的生机，恢复对未来的敏感。

对"学报体"文学批评，都不满意。皮太厚，肉太少。批评家必须面貌清晰，腰板站直，必须有自我的存在，必须真诚。真诚即反思。在反思中作为，也只有这样，才能有所作为。否则，批评家的工作就会沦落为装修服务行业。当所有人都既没有特别的共识，也没有特别的分歧，思想乏力就在所难免。

也说到人工智能，谈及写作的肉身性。思想的深刻产生于人格的褊狭和局限，人工智能没有人格，因而它还是公共化和工具化的。同时，机器有缜密的思维，人没有，像卡佛那种有一搭没一搭的对话，估计人工智能写不出来。

讨论时间拖得很长，耽误了午饭，耽误了午睡，把下午去福建文学院的第二场讨论，延后了半小时。福建文学院位于安民巷，是从三坊七巷管委会租的院落，古朴的建筑，下面是茶室、会议室，楼上有宿舍，签约作家可以住在那里写作。

第二场议题：当代诗的演进，从书写技艺到生命技术。

当代诗有三次转向，由诗的公共性（更广阔的现实，更广大的人群）、古典性（回归本体写作）到时代的技术性，越来越"全球化"了。而全球化的最大危机，是把本不该和本不能联系在一起的人，联系到了一起。写作者需要自我立法，生命技术即自我技术，但又必须建立与他者的联系，写出"有气息"的诗歌。"气息"就是共同体。全球化有危机，人自身也面临危机，比如注意力危机，感觉涣散，形成综合能力故障，因而丧失创造力。

身体起着至关重要的作用。我们对身体的认识远远不够。语言要在与外界的联系中生效，必须经过身体。身体不是单纯的肉身，而是身心。没有纯净的、孤立的身体，如果是孤立的肉身器官，那只是残障器官。

这场讨论在时间上就更不靠谱了。下午3点开始，十多个人发言，第一个就说了差不多一个钟头，主持人打断他，他还嘟囔，说自己还只讲了三分之一。

4点过，余岱宗教授约我出去逛。

余早年写小说，二十多岁就在《收获》等刊发作品，后来走了学术的路，考了著名学者孙绍振的博士生。我读大二的时候,孙先生要出国做访问学者,到四川外国语学院进修英语,随便一个年轻教师,就可以在课堂上点名:孙绍振,请你回答一下。一个月后,他憋慌了,来我们学校讲学,本说讲一个半小时,结果讲了三个小时,他还意犹未尽。那次他教给我们的小说技法,就四个字:打破常规。现在想来,这话当然是很有问题的,但当时还是受到启发。余岱宗说,孙老师至今还笔耕不辍。他快九十岁了。他现在的粉丝,除了学者,还有中学老师,他写过一本经典散文赏析,中学语文老师将其当成教参,不懂的,就写信问他。他很高兴别人问他。那本书我也读过,文学观念是先进的,分析也独到,但行文有盛气,过于否定和轻视前人和同辈的观点。

福州城不大,人口不多,存在感也相对较低。而事实上,福州既有沉痛史,也有英雄史。我从机场过来,要经过马尾,脑子里即刻跳出马尾海战。那场不足一个钟头的战斗,福建水师几乎全军覆没,只能将东南沿海及台湾海峡的海权,拱手让给法军。而惨败的原因总是那样相似。记住痛史,是为了照耀。李大钊曾说:"应该回思过去一切的痛史,以作国民的薪胆。"福州城里,有林则徐、林觉民、冰心……余岱宗带我去看特色建筑,是一大家绅旧居。正修缮,未开放,又去看林则徐——那个睁眼看世界的人。图片多,实物少。余讲了个笑话,说他们福州有个作家,写虎门销烟,"火光冲天",竟不知林则徐是先在海边凿一大池,放入石灰,使鸦片溶解,再借退潮冲入海里,哪来火光。

出门来,走在三坊七巷,余问了我几个《谁在敲门》的问题,说他的研究生、博士生有以这本小说写论文的。穿几条小街,就爬山——乌山。又一座城里的山,比于山高,海拔八十余米。和于山一样,都是古木参天,数量榕树为最。福建别称,就是榕城。山上有个先薯亭,朴实得像个普普通通的风雨亭,却意义非凡。亭柱上有楹联:"引薯乎遥迢,德臻妈祖;救民于饥馑,功比神农。"说的是明万历年间,闽人陈振龙去吕宋做生意,得番薯藤苗和栽种之法,带入中国,时值闽中大旱,饥民遍野,幸亏番薯收获颇丰,"可充谷食之半"。

天色向晚,亭身隐于暮色,却引起我很多兴趣。查阅资料,知陈振龙是儒商,有"穷则独善其身,达则兼济天下"的情怀。待他学会了番薯栽培技术,便想带回故国,施惠百姓。第一次藏于箱篓,查出受罚。第二次藏于竹杠内,又被识破。第三次,绞在绳索里,系在船舷边,浮于海水中,冒着生命危险,闯过重重关卡,经七天七夜颠簸,终于安抵福州。他先在住宅附近试种,"不及四个月,启土开掘,子母勾连,小者如拳,大者如臂,味同梨枣,食可充饥"。次年,闽中又旱,陈振龙敦促儿子再次上书福建巡抚，请求推广——说的是"再次"，证明以前有过上书，没被理睬。而今官府百思无计，只得"饬令各属，依法栽种"，百姓才"赖以度荒"。明崇祯年间，徐光启在其《农政全书》里，阐发番薯之长，推广至长江三角洲地区。到清朝初年，已传遍闽、赣、云、贵、川、冀等小半个中国。顺治十八年，郑成功移种台湾。乾隆十四年，陈振龙五世孙陈世元，派三个儿子分别推广到杭州、南昌、武昌、山东胶州、河南等地。乾隆四十一年，下诏"推载番薯，以为救荒之备"，从此，番薯成为主要粮食作物之一。

历史学家何乔远撰有《番薯颂》，其中有言："不需天泽，不冀人工，能守困者也。不争肥壤，能守让者也。无根而生，久不枯萎，能守气者也。予向行江北，天大旱，五谷不登，民食草木之实亡厌，今乃佐五谷，能助仁者也。可以粉，可以为酒，可祭可宾，能助礼者也。茎叶皆无可弃，其直甚轻，其饱易充，能助俭者也。耄耋食之而不患哽咽，能养老者也。童孺食之止其啼，能慈幼者也。行道鬻乞之人食之，能平等者也。下至鸡犬，能及物者也。其于士君子也，以代匮焉，所以固其廉以广施焉，所以助其惠而诸德备矣……"

说这么多，是自己与番薯关系甚巨。我们把番薯叫红苕，其实并不都是红的，还有白的，白的我们就叫白红苕。我小时候,百物匮乏,又逢大旱,唯红苕耐旱,很长时间,全靠它喂养饥饿。天天吃,顿顿吃,吃上十天半月,见到红苕就怕,就哭。到腊月,猪没吃的,又想快些催肥,就让猪吃烂红苕,再烂,也比野草好,开始抢着吃,吃上几天,也哭。由此可见,说"童孺食之止其啼",并不真切,或者是开始饱肚之时。然而,想一想,若没有红苕,我就饿死啦。没饿死,赖陈振龙之功。陈家祖孙六代,为番薯的引进和推广,历一百七十余载,说功比神农,并非大言。

天黑下来了,乌山的摩崖石刻及"三十六奇、五十五景",都不能看了。我们下山,去晚餐地。比预订时间超出四十多分钟,但包间里空空如也,讨论的人还在讨论。服务生泡了茶来,岱宗为我介绍茶种。福建出好茶,福建人喝茶讲究。昨天我刚进宾馆,培浩和海峡出版社的曾念长,就跟到房间,且各自带了一泡茶,房间里茶具俨然,他们就在那里捣来捣去,也不嫌麻烦。想起几年前在北京开会,林那北、施战军和我等五六人,走到一个地方,坐下来喝茶,林那北自己带了茶,要以她的方式泡给我们喝,我们都嫌费事,说一人泡一杯好了,弄得林那北十分愤怒。对他们来说,喝茶是仪式,而仪式也是内容。

又过了一夜,清早又出宾馆去,见外面的于山路上,已有了很多人。其中有个老人,坐在石凳上写着什么,我从他背后过,见写的是"征婚启事"。心下好奇,又不好多看,只是觉得,现在谁还这样打广告?他面前有个布袋,装了很多纸张,看来不止写一份。是帮别人写吗?现在还需捉刀人吗?禁不住还是问了。他说,给他儿子写的。又问,你大清早出来,坐在冰冷的凳子上忙碌,你儿子自己是怎么想的?他哎呀一声,说,老师,你问到点子上了,他自己完全无所谓。

转眼间,人更多,行道树上牵起了绳子,挂着长串纸片,五颜六色,都是征婚。绳上挂了,还直接往树上贴。原来这里是福州有名的征婚一条街,每周三、六、日,从清早到下午两点。我看过去,各个年龄段都有,包括2000年后出生的。若是女性,对男方的要求也以2000年为界,之前的,一般会要求"有稳定收入",之后的,就会说"公务员,电力系统为佳",越来越实际了。择偶确实能一针见血地反映出时代精神,军人、大学生、老板、公务员……都曾经是标准,也正在成为标准。前来察看的,都是父辈或祖辈,不见当事人,我就想,那些被挂起来或贴起来的,恐怕也有不少跟那位老人的儿子一样,完全无所谓吧。一妇人见我看得认真,就凑过来,问我家是儿是女,我知道这种时候不能跟人家开玩笑,就说我不是本地的。她说哪里的?我说成都的。她说成都好呀。又问我是儿是女。我说你呢？她说儿也有女也有，你儿子多大？我说了，她摇摇头，说，咱们家女儿比你儿子大。说罢黯然离开，到别处看去了。

早饭后，坐车去厦门。同行者都对那条街好奇，头伸出车窗，一路看，一路议论。原来这种地方各城市都有。听复旦朋友说，他们那里还做得绝，是把征婚启事写在伞上，撑着伞满街逛，成为流动广告。南开朋友说，他们天津更绝，是像斗坏分子那样，写在一块牌子上，脖子上挂着，去热闹处站定，引人注目；他母亲逼他结婚，说不答应的话，她也要用这种方法。

福州到厦门，两百多公里。车开得慢，要走三个钟头，打定主意在车上睡一觉的，车大，可一人一排，正好睡。刚闭上眼睛，培浩就喊：不看看街景啦？说着一屁股坐过来，直接把我的包放到他的位置上，跟我并排坐了，要聊天。说到文学不能坐车，要靠双脚，一步一步走，有的作家为抢到一块奖牌，中途坐了车，却不承认，说自己也是双脚走过来的。这么聊着，结果一分钟也没睡成。

目的地是鼓浪屿，车开到第一码头，等船。凡事都是培浩和他的博士生许再佳亲自做，包括买船票。船行十五分钟，到内厝奥码头，步行去鼓浪屿别墅酒店，沿着海岸走，路程并不短，本有车接，可有游客突发疾病，那辆车被征用了。

这里属东海，但轮渡至鼓浪屿这段海域，厦门人叫江——鹭江，是因常有白鹭盘旋。酒店沿山而建，倒是漂亮，我住8栋，就要往山上爬，当然又是那种让人"生气"的山。东西一放，就开会。先到大堂集合，见到厦门大学的徐勇，要加微信，说他的学生写过我小说的论文，要给我发两篇看。

会议室又是曲曲折折、上上下下才能到。

这是第三场会了：未来维度与希望原理。

未来不仅已来，还已经被描述。未来被描述并不新鲜，人类早期，特别是人类文明的早期，就干着这件事，神话既是人类对来路的探寻，也是对去向的展望。这是整体的、宏观的，还有局部的、微观的，比如说20世纪六七十年代的"楼上楼下，电灯电话"，八十年代的"万元户"……这些描述没有让我们焦虑，而是充满向往，充满希望。可是今天，对未来的描述却让我们坐立不安，除了时代更迭更快，还有描述本身也出了问题。

首先是边界感丧失。始作俑者，依然是科技。人类的前沿思想家无论多么伟大，让他们思想发芽的肥料，甚至土壤，就是科技。哪怕老子，"虽有舟舆，无所乘之"，"使民结绳而用之"，也是因为有了车船和文字，他看见了其中的危机，才提出了他的想法。更何况，今天的科学已不再只是为人类提供方便，还要剥夺人的权利。人抢了神的权利，也会有一种东西来抢人的权利。人因此更进一步，不仅抢神的权利，还要自己变成神。有科学家说，不久的未来，一部分人将成为神仙，不死。这种描述同样不令人向往。卡夫卡让人变成甲虫是异化，科学家把人变成神仙，同样是异化。因为异化，人类千万年来创造的文明，人对自我的认知，都将瓦解；同时，死亡这个最后的公平边界，也会被打破。

刹车失灵，就修理刹车。作为文学，可不可以大声地、理直气壮地告诉人们：你是有局限的，有些事你做不到。可不可以重建时间秩序，重申人的意义。敢不敢于慢下来，光明正大地去宣扬那些恒久的、日常的、我们都能理解的价值。敢不敢于眼睛向下，看见大地上的事情……

边界感丧失的另一表现，是词语泛滥。那些泛滥的词语干扰和切割了我们的实际生活，让我们远离血肉人生。而且意义指向极其单一，因而不是丰富了我们，而是简化了我们，不是扩展了我们的边界，而是挤压了我们的边界。

这次讨论，倒是比较按时地结束了。晚饭后，一群人游岛，向鸡山路去。微微上扬的路很窄，黑黑的。翻过去，是岛民住所。走着走着，就走散了，就我、培浩和闽江学院的陈开晟。三人站在海边，听波涛击岸，然后坐在树下聊。陈开晟研究哲学，对康德和拉康尤其着迷，从抽象到抽象，说人的意识可以捕捉。但培浩不满意，说依然没有解决关于意义的问题。培浩说，现在很多人都没有思想能力了。这话其实是一种自我表扬。认真的人，自我表扬也是美的。拉康也自我表扬，说，我不是诗人，我是诗。

　　王威廉来电话，问在哪，想继续聊。在酒店外的休息区见到了。威廉约我明天去漳州南碇岛，从手机上翻照片给我看，说全是玄武岩石柱，有一百四十万根，十分震撼。可是我不能去了，要回了。

　　又是清早，起来去看海。

　　江河与大海，总是让我神往。想当年，去重庆读书，为了看长江，进校就往长江跑。后来北上，想看黄河，坐在火车上，不敢闭眼，怕错过，结果经过黄河时是夜里，且是深夜，每过几分钟，就去问乘务员：黄河快到了吧？后来那乘务员对我说，下面就是黄河了。他那神情让我感觉到，他也想休息，被问烦了，把账了了算了。可能是随便乱指的。虽如此，也有一种奇异的满足。再后来去青岛，想看海，行李一放，即刻出门，差不多是扑到海边，站在礁石上，却不知道海潮是要上涨的，看着看着就涨到脚下，就淹了脚踝……

又去另一块礁石。礁石上密密麻麻布满了贝壳，都是空壳，是死去的生命。礁石沉黑，贝壳白亮，在清晨里闪光，是生命残余的闪光。这般景象，使人生出深不可测的怅惘和敬意。东边日出，但看不见太阳，只看见一片深紫，从远处漫过来，而在深紫色的背后，却又是鳞甲似的云团。早起的白鹭，在近水的沙滩和礁石上或飞或立。沙滩柔软，沙粒细腻，抓一把在手里，像抓着一把沙滩的婴儿。

该离开了。走得不齐整，上午、中午、下午的都有。我们有六七人同去机场。先要坐轮渡。船驶离岸边，驶向宽阔海域，心里也说不上多少留恋。这其实也是感觉涣散的象征，是要引起警惕的。船开出很长一段，接到王威廉电话，说我看到你啦，你站在红旗下。那时候，我果真在二楼倚栏看海，身边当真树着一面红旗。不知道那家伙在哪里，又是怎么看见我的。

乡土文学的新道德

正是春天，白日里阳光灿烂，而每当夜幕降临，就响起淅淅沥沥的雨声，《春夜喜雨》里的句子，禁不住随口而出："随风潜入夜，润物细无声。"杜甫写这首诗，是他在成都定居两年后的公元761年，据今已将近1300年。在这千余年里，人世间发生了许许多多大事，但自然界依旧遵循着固有秩序，引领我们回到时间深处，去看见古人看见的，听见古人听见的，并感知他们的喜悦和悲伤，我们的内心因此变得无比安稳。是的，世界变了，但世界又没变。

正是在这个意义上，我重新去理解乡土文学。

近百年来，乡土文学卓然自立，除农业社会的深厚积淀、大批优秀作家来自乡土或有乡土经验。另一种依赖，是乡土的封闭形态和道德优势。

乡土文学的读者，多不是乡里人，是城里人，对城里人来说，那些陌生境遇下的人生故事，带着与生俱来的吸引力。我们读《聊斋志异》，读《一千零一夜》，知晓了故事的力量，它不仅可以助人逃离司空见惯的生活，特别是逃离那些无聊的和不如意的生活，还可以救命，且在某种程度上成为信仰。乡土与现代文明的隔膜、对神性的保留和敬畏、鬼斧神工的大地山川，都会形成城里人不知道的"小生境"，因为不知道，所以好奇。在相当长一段时间，文学除了承担它本身的义务，还承担着新闻的义务，我们往往是通过阅读小说，才知晓曾经发生过某件事。

道德优势则从两方面说。

首先，许多乡土文学作品，呈现了蛮荒、落后和愚昧。谈论国民劣根性，首先谈论的，也是农民的劣根性，好像农民是关照国民劣根性最清晰的镜子。但我们阅读那些作品，想到的不是国民，更不是自己，而是农民。落后和愚昧，都是他们的，与"我"无关，"我"因此变得优越。与道德优越相应，是身份优越。农民曾世世代代被拴在土地上，"拴"这个词，让人产生不好的联想。正因为如此，中世纪的欧洲，才禁止贵族参与农业劳动。

其次，优秀的乡土文学作家，当然不止于展示，更不会猎奇，他们对农民的境遇深怀悲悯。农民除了受到普遍的盘剥，还受到普遍的歧视，作家们试图以自己的文字，为农民重新定义：他们不是"资源"，是人，因此应该拥有人的尊严、人的权利。同情弱者，最容易与正义画等号,且最能激发出我们深沉的道德感。陀思妥耶夫斯基说,在公正和同情弱者之间,他选择后者。村上春树也说,在鸡蛋和石头之间,他同情鸡蛋;意思是,即使鸡蛋主动去碰石头,他照样同情鸡蛋,因为最后碎掉的是鸡蛋。作家们的这种观念,不是道德取巧,而是从痛彻的历史经验中孕育出的情感。在作家那里,情感即思想。我们读到那样的作品,也会让沉睡的道德苏醒。

然而到了今天,很多东西都被瓦解了。

网络摧毁了封闭性。通常而言,我们认为这是好事。除了隐私,除了重要机密,"封闭"似乎都意味着画地为牢、自我枯萎。但对文学,或许就要另当别论。解除封闭性,很可能是对作家和读者的双向损失。

作家再想依靠"一个人走出了村庄"或"村庄里来了个陌生人"的写法,完全行不通。文明进入了超市时代和连锁店时代,"土特产"这个概念,已经消失,"陌生"也随之消失。只要打开手机,最奇异诡谲的风光、风俗和故事,都可尽情饱览。以前说秀才不出门,能知天下事,那是知识分子的自我吹嘘,现在变成真的了,且无须秀才,人人皆可,不仅可以听、可以看,还可以制造出来让别人听、别人看。我老家那些大字不识的老妇人吵架,都与时俱进了:我对张三不舒服,想骂他,就发一段语音骂过去,张三看到,也发一段语音骂过来。这其中的时间和空间都改变了,当事人和围观者的心态和状态,也变了。什么都是敞开的，作家本来要揭示秘密，面前却是光天化日、人尽皆知。

读者受到的损失，并不比作家轻。作家们非常清楚，敞开当中必有隐藏，那是无比宽阔的地带，足够驰骋，读者却可能依旧陷在故事里，但又不是环环相扣自成世界的故事，而是离奇的、轻松的、短平快的。这样的故事看得多了，就会产生错觉：太阳底下无新事。没有陌生感，没有好奇心，没有审美欲望，同时也就没有清晰度，没有对未来的敏感，并因此陷入焦虑。走到这一步，我们便只有情绪，没有情感，即使残存着情感，也是碎片的、肤浅的，甚至是套用的、虚假的。我们被别人的经历、别人的声音、别人的样子所绑架，从而丧失了自己的生活；不得已面对自己的生活，也没有了热情、耐心和信心。

因情感稀释，同情和悲悯之类深层次精神活动，就很难产生。宁愿去同情动物，那付出的代价会很低，关键是自己占有绝对主动。农民的生活方式，也不可能再跟着太阳月亮走。对幸福的理解也变了，幸福再不是一种追求或观念，而是一种"真相"，与当下的世俗生活紧密相关。

如此，乡土文学仿佛失去了近旁和远方，只剩了深处。探寻敞开之中的隐藏，即是探寻深处。但如何探寻，依然是个问题，以前那种异质性的乡村路径，代弱者发声的倾诉式笔调，都不管用了。但我觉得，尤其重要的，是姿态。

考察乡土文学作品的主流，会发现，它们的姿态多为被动式。作家们写作之先，就确立了一个强大的对立物——城市。不平则鸣，可作家的声音无论多么洪亮，也是从城市那个坚硬之物上碰出的回音，笔下的乡村，反而变得被动。也有不被动的，却要么是美化乡村，乡村的纯、真、美，包括淡淡的愁绪，都是药，而不是生命主体；要么是向城市进发，如果可能，只要可能，乡村以及乡村里的爱情，都可以抛弃。因此在最根本的意义上，这些作品依然是被动的。

这不只是乡土文学的形态，也是乡土文学的道德。亚里士多德把实现幸福的方式描述为道德，证明了道德的正义性、行动力和反思本质，其目的是追求和获取能赋予生命意义的价值。以前的乡土文学呈现的道德，没有任何问题，只是已经不适应，已经过时。然而，不适应和过时，本身就是问题。

因此要重塑乡土文学的道德。

核心是，它把乡土当成自主的存在。乡土不是用来同情的，不是用来避世的，也不是落叶归根的那个"根"，它是完整自立的生命体。农民在土地上的劳作，不只是生产粮食，还是对自然秩序的遵从和守护。尽管现代科技打破了春种秋收的节律，但也要制造出"春种"的假象，才会迎来"秋收"。人间规律之上，照样有着更高规律。就像成都春日的夜雨，被杜甫描述之后，千多年过去了，并没有变。许多时候，当我一觉醒来，发现天亮了，《诗经》里描述过的昏与朝、日出与日落，而今依然，这让我深怀感激。

我们的文学，不断在强调变，这是因为，我们把文学定义为人学。如果将视野放大，就会发现，变的是人间，而非天道。那么，文学的定义是否也应该扩展？即使是人间，许多东西也没变。正是没变的、不变的，成为我们的根本支撑。明白这一点，既是德行，也是教养和智慧。有时候我想，集体焦虑是怎么来的？何以对未来没有信心？为什么渴望躺平？现实层面当然可以形成理由，包括社会流行的价值观，都会对我们造成挤压，使我们内心无力，然而，对"变"的过度追逐，对"不变"的过度漠视，或许才更让我们手足无措。

这时候，乡土文学将承担它的使命。我的意思，不是要乡土文学去简单呈现"不变"，如果是那样，沈从文他们早就做了。我是说，乡土文学应以主动的姿态，重申乡土的自身价值。在城市和乡土的关系中，是相互关照，相互哺育，相互成就。在人和乡土的关系中，不是人赋予乡土价值，而是反过来。但人可以充当证明人和争光者。乡土通过春夏秋冬，通过草木枯荣，通过田野和庄稼，与大自然沟通，并昭示律令、法则、从容和安宁；农人在土地上的劳动，不再是为了活命，而是为了生活，为了证明人类对天道的正义依然怀有信心。

我当然不会轻易说"劳动产生美德"或"劳动带来救赎"之类的话，那很容易被利用，事实上也常常被利用，我们一面歌颂劳动，一面又看不起劳动，特别是农业劳动。自古以来，人们都把从事农业劳动视为惩罚的手段，苏东坡被贬，也是去东坡山上自己种田。可要重塑乡土文学的道德，就必须构建起农业劳动与精神生活之间的联系，那是对自然秩序的身体力行，是对天道的恪守和实践，并以这种方式警醒。奴役和操控性质的劳作，是对天道的背逆。

但这种所谓的"新道德"，危险也是显而易见的。

作家们可能脱离生活，凌空蹈虚，自说自话。而生活的实质告诉我们，人间事，就是在人间尺度之内运行，写作可以超越这种尺度，却不能剥离，否则将丧失最根本的意义，包括最可宝贵的力量感。因此，乡土文学的"新道德"，不是架空的、抽离生活的道德，而是更具有涵盖性、更具有概括力、更具有主动姿态和本体意识的道德。